Todo BDSM

Leilão

Erika Sanders

Todo BDSM
Leilão
Erika Sanders
Serie
Todo BDSM 1

Sinopse

É composto pelos seguintes romances:
Escrava
A Esposa Muçulmana
Clube BDSM

Todo BDSM é um romance com forte conteúdo erótico BDSM e, por sua vez, um novo romance pertencente à coleção **Dominação e Submissão Erótica**, uma série de romances com alto conteúdo romântico e erótico BDSM.

(Todos os personagens têm 18 anos ou mais)

Nota sobre a autora

Erika Sanders é uma escritora conhecida internacionalmente, traduzida em mais de vinte idiomas, que assina seus escritos mais eróticos, longe de sua prosa habitual, com seu nome de solteira.

Índice

TODO BDSM
LEILÃO
ERIKA SANDERS

ESCRAVA

Prólogo:

Ser uma esposa submissa tem seus altos e baixos.

A parte difícil foi a responsabilidade adicional. Kelly era uma mulher forte de espírito empresarial. Ela trabalhou duro o dia todo como gerente de escritório. À noite, ou nos fins de semana, ela ainda tinha que trabalhar. Um tipo diferente de trabalho. Ela era uma submissa sexual ao marido, atendendo a todas as suas necessidades. Foi um papel que ela abraçou de bom grado .

A parte boa foi a sensação que isso deu a ela. Ela adorava agradar o marido. Dava conforto a Kelly ser submissa a ele, porque ele sabia como tratá-la de maneira adequada e com muito respeito. Isso fez Kelly se sentir segura em sua escravidão. Amarrado por suas cordas. E então havia os orgasmos. Os adoráveis orgasmos. Essa era a melhor parte de ser uma esposa submissa. Todos os orgasmos que ela poderia desejar.

Isso deu ao casamento deles uma sacudida muito necessária sempre que possível. Depois de vários anos de casamento, qualquer forma de apimentar a vida amorosa era sempre uma coisa boa.

Ao se despir de seu traje de escritório, ela usava um par de meias de seda macias, um par branco de sutiã e calcinha e uma camisola transparente.

Não era algo que ela usava com frequência. E ela não era obrigada a se vestir assim em casa. Foi algo que ela escolheu fazer naquela noite em particular , que foi muito especial.

Richard chegou em casa por volta das 18h. Ele estava trabalhando um pouco mais tarde do que o normal, graças a uma grande fusão em que sua empresa estava trabalhando.

"Você está incrível", disse ele ao ver sua esposa.

Kelly estava na cozinha com sua roupinha sexy preparando um jantar caseiro. Havia uma fileira de velas dispostas na sala de jantar, mas ainda não haviam sido acesas.

"Pensei em fazer algo especial, já que hoje é um dia muito especial para nós", disse ela.

"Você acha que eu esqueci?"

Sua sobrancelha levantou. "Você fez?"

"Nosso 10º aniversário."

Ela sorriu, "Você lembrou."

"Eu fiz. E eu também trouxe algo para você. Uma pequena surpresa agradável."

Ele tirou algo do bolso e o ergueu para mostrar à esposa. Pela curta distância, Kelly não sabia dizer o que era, mas parecia um cartão-chave ou algo assim.

Kelly aguçou os olhos e colocou as mãos nos quadris. "Bem, você vai me dizer o que é, ou eu vou ter que adivinhar?"

Ele o colocou de volta no bolso. "Ainda não posso dar todos os detalhes. Mas é algo que sei que vai deixar você entusiasmado."

"Alguma dica?"

"O que você quer?" Ricardo perguntou. "O que você quer que aconteça com você? Você estaria interessado em outra mulher?"

Ela lançou um olhar cético. "Este é outro dos seus jogos?"

"Estou falando sério. Você estaria com outra mulher se tivesse a oportunidade?"

Ela fez uma pausa. "É algo que me interessa há algum tempo. Você já sabe disso."

"Então vamos fazer acontecer esta noite", disse ele. "Quero que nosso 10º aniversário seja inesquecível. Quero dizer, esta noite será especial e diferente de tudo que já fizemos antes."

Ela semicerrou os olhos para ele. "Você está falando sério, não é?"

"Consegui ingressos para um evento único. Nunca estivemos lá antes, mas ouvi muitas coisas boas sobre isso de pessoas em quem confio."

"Parece emocionante."

" Claro que é excitante. Qualquer coisa que você queira que aconteça, se tornará realidade, sexualmente falando. Pense, o que você quer que aconteça? Como você quer que seja sua primeira experiência lésbica?"

Kelly usou sua imaginação vívida. "Eu gostaria que a escravidão estivesse envolvida de alguma forma. Talvez eu esteja amarrado e ela venha e me lamba. É assim que eu imagino que seja minha primeira vez."

"Como você gostaria que ela se parecesse? Alguma preferência? Você pode ter o que quiser."

"Não importa. Contanto que ela seja doce. De preferência não lésbica. Eu gostaria de ter o mesmo nível de experiência que ela para que possamos explorá-lo juntos. Acho que esse seria o meu cenário ideal."

"Você pode escolher a mulher que quiser."

"Eu posso?" ela perguntou.

"Você escolhe, e ela será sua. O que for adequado às suas necessidades."

As duas sobrancelhas de Kelly se ergueram. "Oh meu Deus."

"Como você se sentiria se eu transasse com ela?"

Ela deu um olhar brincalhão afiado. "Procurando uma desculpa para trapacear?"

"Tecnicamente, você estaria traindo também, já que ela estaria comendo sua boceta e fazendo você gozar."

" Touché ", ela sorriu.

"Então, como isso faria você se sentir?"

Kelly e Richard trocaram expressões lúdicas. Eles sempre foram totalmente honestos um com o outro. E eles estavam casados há tempo suficiente para saber os pensamentos um do outro.

"Agora que você mencionou, parece muito quente. Ter um trio não é algo que eu penso com frequência. Mas passou pela minha cabeça em certas ocasiões, aqui e ali."

"Apenas pense, você estaria amarrado na cama, esta outra mulher comendo sua boceta, então eu a foderia. Agradável e forte. Talvez você possa limpá-la depois com sua boca. Sedutor, não é?"

"Deus, tudo isso soa tão desviante", disse ela com um tom ligeiramente nervoso em sua voz.

"Mas isso te deixa molhada? Essa é a grande questão."

"Claro, eu suponho. Meu primeiro orgasmo lésbico seguido de sexo a três. Isso é o suficiente para deixar qualquer mulher molhada."

"Então está resolvido. Estamos fazendo isso."

Kelly levantou uma sobrancelha. "Se você continuar falando assim, vai me fazer pingar no chão e terei uma verdadeira bagunça para limpar."

"Isso significa que estou fazendo algo certo."

"Você sempre faz."

Richard sorriu: "Para o nosso 10º aniversário, seus sonhos se tornarão realidade. Esta será uma noite incrível. Venha, use um belo vestido. Vou levá-lo para um bom jantar romântico. Depois, vou levar você em algum lugar especial. Um lugar onde nunca estivemos antes."

"Você ainda não me disse para onde estamos indo."

"Você vai descobrir quando chegarmos lá", respondeu Richard. "Eu prometo que você ficará satisfeito. Agora vista-se."

"Tenho o vestido preto perfeito para esta noite", disse Kelly. "É novo. Estou morrendo de vontade de usá-lo."

"Depois do jantar, você não vai usá-lo por muito tempo."

"Eu te amo Richard. Os últimos 10 anos da minha vida foram uma grande aventura, você sabe disso, não é?"

"Eu também te amo", ele respondeu. "E a aventura está apenas começando."

Havia uma expressão divertida no rosto de Kelly. Ela sabia que podia confiar em seu marido. Ele sempre fez as escolhas certas para ela. Mas o segredo foi o que chamou sua atenção. Richard nunca foi uma pessoa reservada. Mas esta noite foi diferente.

Kelly guardou as panelas e frigideiras e colocou a comida de volta na geladeira, enquanto ela ainda estava vestida com sua roupa minúscula. Ela estava curiosa sobre a surpresa do marido em seu 10º aniversário. Fosse o que fosse, deve ter sido bom.

No entanto, ela não tinha ideia de como as coisas seriam boas. Era o presente de aniversário perfeito que levaria a vida sexual deles a um nível totalmente novo.

a mulher escrava

Erika esperou sozinha na sala.

Era uma espécie de escritório. Uma espécie de biblioteca. Havia livros por todas as paredes. E havia uma grande mesa de madeira. Havia uma cadeira em frente à mesa para Erika se sentar mais tarde. Havia também um gravador de vídeo sobre um tripé, de frente para ela. No momento foi desligado .

O quarto era um lugar de elegância e sofisticação.

Ela só estava lá porque um amigo próximo havia recomendado aquela organização em particular . Disseram-lhe que tudo era administrado profissionalmente e, até agora, parecia ser esse o caso. Tudo foi tratado de maneira corporativa.

A porta se abriu e a Madame entrou. Ela era alta, voluptuosa e usava um vestido elegante. Ela tinha um comportamento poderoso sobre ela, o que era de se esperar de uma madame proeminente.

Erika se levantou.

"Obrigado por esperar", disse Madame.

Eles apertaram as mãos.

"Não se preocupe. Eu entendo que você é uma mulher ocupada."

"Estou sempre ocupada, mas amo o que faço."

"Eu posso ver isso."

"Você achou tudo do seu agrado?" a Madame perguntou. "Espero que minha equipe tenha sido útil com você."

"Sim, muito obrigado."

"Ótimo. Agora, se você não se importa, eu gostaria de começar a gravar esta sessão de entrevista agora", disse Madame. "Eu tenho uma agenda apertada. Por favor, sente-se."

Erika sentou-se enquanto Madame ativava o gravador de vídeo. Então a Madame sentou-se atrás da mesa e ficou confortável, enquanto as duas mulheres se entreolhavam.

"Vamos começar a entrevista agora", disse Madame.

Erika assentiu nervosamente. "OK."

"Já revisei seu currículo e registros médicos. Tudo parece aceitável. Esta é a fase final de sua audição. Gostamos de gravar isso para que nossa organização possa tornar as coisas mais adequadas para você."

"Eu entendo."

"Diga seu nome para a câmera", ordenou Madame.

"Erika Sanders."

"Idade?"

" 28."

"Estado civil?"

"Casado."

"Ocupação?"

"Sou paralegal", respondeu Erika. "Eu ajudo advogados a preparar casos, entrevistar clientes, fazer pesquisas, esse tipo de coisa."

"Como você descreveria sua aparência?"

Erika pensou por um momento. "Tenho cabelo na altura dos ombros. Ligeiramente ondulado. Cor ruiva, que é meio acastanhada. Corpo mediano. Já me disseram que sou atraente."

"Você concorda?" a madame perguntou.

"Se é isso que as pessoas pensam, então essa é a opinião delas."

"Estou pedindo sua opinião. Você concorda que é atraente?"

"Acho que sim. Definitivamente não sou uma supermodelo atraente, mas estou bem com minha aparência."

"Qual é a sua melhor característica facial?"

"Provavelmente meus olhos. Eles são azul escuro. Eu gosto deles."

"Eu teria que concordar", observou Madame. "Olhos azuis penetrantes. Um nariz bonito. E lábios bonitos. Você tem um rosto adorável."

"Obrigado."

"E seu corpo? Como você descreveria seu corpo?"

"Minhas proporções são razoavelmente medianas. Fico em forma correndo nos fins de semana e fazendo ioga durante a semana."

"Como você descreveria seus seios?"

Erika pensou por um momento. "Eles são pequenos punhados. Firmes. Ligeiramente arrebitados. Eles têm a forma de peras. Minhas aréolas são rosa claro. Eu tenho mamilos rosados que se projetam."

"Seus mamilos estão sensíveis?"

"Muito."

"Você brinca com seus mamilos quando se masturba?"

"Às vezes", reconheceu Erika.

"E suas pernas e bumbum? Como você os descreveria?"

"Bastante tonificado", respondeu Erika, com uma pitada de orgulho em sua voz. "É de todos os exercícios que faço no meu tempo livre."

"Agora me conte sobre sua experiência sexual. Você teve muitos parceiros?"

"Na verdade, não", respondeu Erika. "Menos de 7, em toda a minha vida. Eu sou mais uma pessoa do tipo relacionamento do que alguém que sai por aí procurando encontros de uma noite ."

A Madame sorriu, "E aqui está você, sendo aventureiro."

"Eu sei," Erika corou.

"Você se descreveria como sendo sexualmente aventureiro?"

"Não exatamente."

"Então o que te traz aqui?"

"A experiência", respondeu Erika. "Gostaria de experimentar algo novo, só para mim. É difícil explicar, mas gostaria de explorar minha sexualidade enquanto ainda sou jovem. Tenho certeza que você ouve muito isso."

"O tempo todo", a Madame concordou. "Então, você gosta de experimentar coisas novas?"

"Claro, às vezes. Quem não gosta?"

"Você gosta de experimentar anal?"

"Fiz isso com alguns dos meus parceiros anteriores. Não o tempo todo, mas é divertido de vez em quando."

"Sexos a três?" a Madame perguntou.

"Não."

"Você estaria aberto à possibilidade?"

"Eu estaria aberto a isso. Eu não me importaria se fosse com as pessoas certas. Especialmente se eu fosse, você sabe, o submisso do grupo. Eu não saberia o que fazer de outra forma."

"Que tal escravidão?"

"Tenho experiência com bondage leve. Nada extremo ou hardcore. Só coisas caseiras, com coisas em casa, coisas assim. Nada doloroso também."

"Sua experiência de escravidão foi gratificante?"

"Tudo bem", respondeu Erika com sinceridade. "Não tenho muita experiência com isso. Nem meus parceiros anteriores. Foi meio que brincar com uma pequena fantasia divertida."

"Bondage é uma arte. Poucas pessoas são boas nisso."

"Concordo."

"E os encontros lésbicos?", perguntou Madame. "Você já esteve com uma mulher antes?"

"Tive algumas experiências lésbicas na faculdade com uma colega de quarto. Nada desde então."

"Você gostou? Ainda pensa nisso?"

Erika sorriu, "Sim e sim."

"Você acha que é bom em comer buceta?"

"Já me disseram que eu sou."

"Todas as coisas consideradas, eu acho que você seria ótimo com casais. Você tem uma faísca tão natural sobre você, você é curioso, tem a mente aberta e você oscila para os dois lados quando necessário."

"Nunca pensei em estar com um casal antes", respondeu Erika. "Mas parece factível. Acho que estou pronto para isso."

A madame assentiu. "Você é uma mulher muito atraente Erika, com uma personalidade maravilhosa. Estamos felizes em tê-la aqui."

"Obrigado."

"Agora isso nos leva às três perguntas finais. As perguntas mais importantes. Primeiro, quão submissa você é? Conte-me sobre o seu lado submisso."

Erika organizou seus pensamentos. "Desde que me tornei uma pessoa sexual, eu sabia que era submissa. Talvez não tenha entendido na hora, mas sabia do que gostava. Gosto de ser controlada e 'levada' no quarto."

"Por que?"

"Existe uma liberdade em deixar ir. Quando me dizem o que fazer, ou se estou preso, todo o controle é perdido. Para mim, há uma liberdade nisso. Tudo está fora de minhas mãos. Sinto-me seguro e aquecido. E adoro a sensação de ser o centro das atenções sexuais. Meu corpo está sendo adorado e usado por meu parceiro."

Havia uma tensão sexual no ar. Era emoção crua. Erika estava se soltando durante a entrevista gravada. E a Madame estava aproveitando cada segundo ao ver o lado vulnerável de Erika.

"Agora a segunda pergunta", disse Madame. "Você está pronto para se tornar um escravo?"

"Eu sou."

"Por que?"

"Recebo bem as ordens. Gosto que me digam o que fazer e como fazer. Mesmo no meu trabalho, sou muito pontual com todas as ordens do meu chefe. Posso lidar com dores leves. Desde que não seja muito doloroso , vou aproveitar. Faz parte de ser uma boa submissa, certo?"

"Você está certo", a Madame concordou. "Agora, para a terceira e última pergunta. Por que você quer ser leiloado por uma noite?"

"É a fantasia submissa definitiva. Você sabe, estar no meu melhor, ser admirada e depois ser comprada por um completo estranho. Adoro a ideia de ser usada sexualmente por alguém que nunca conheci. É muito tabu."

"Você acha que pode lidar com a pressão?"

"Acho que sim", respondeu Erika.

"Como você sabe?"

"Porque acho que vou me divertir. É difícil de explicar. Mas sei que vou gostar. Definitivamente vou ficar nervoso, mas posso lidar com isso."

A Madame sorriu e se levantou graciosamente. Ela ergueu o videocassete do tripé e segurou-o na mão. Então ela caminhou em direção a Erika e parou na frente dela.

"Terminamos com as perguntas", disse Madame, apontando a câmera para Erika. "A parte final do processo é ver se você realmente consegue trabalhar sob pressão."

"OK."

Ainda apontando a câmera para baixo, Madame levantou a parte inferior de seu vestido e expôs sua vagina nua.

"Agora, faça uma apresentação para a câmera", disse Madame. "Me impressione."

Sem hesitar, Erika se inclinou e pressionou os lábios na pele nua da Madame.

***

O treinamento foi uma coisa muito informal.

Quando Erika tinha folga do trabalho, ela visitava o Madame no mesmo local onde fez a entrevista.

Lá, ela foi educada na arte de ser uma escrava obediente adequada.

"Você tem muito a aprender", disse Madame. "Felizmente, você é uma submissa naturalmente talentosa. Treiná-la será fácil."

E a madame tinha razão.

Erika era natural. Ela foi educada na arte do bom comportamento submisso e das boas maneiras. Ela aprendeu os meandros de fazer sexo oral. E ela aprendeu a maneira correta de relaxar ao ser amarrada.

Enquanto Erika levava sua vida normal, o leilão estava sempre no fundo de sua mente. Quando trabalhava como paralegal, passava tempo com o marido, a mãe e as irmãs ou ia a cafés com as amigas, não conseguia deixar de pensar na decisão que havia tomado.

Uma parte dela sentia que estava louca por fazer tal coisa. Outra parte dela sabia que era exatamente o que ela queria. Afinal, a Madame fazia uma operação altamente profissional e tudo estava seguro.

Mas se não o fizesse, sabia que sempre se arrependeria.

Erika estava no auge de sua vida. Ela era uma mulher adulta. E ela escolheu tomar uma decisão que a afetaria para sempre.

O leilão

Era a noite do grande leilão.

Ela se sentou em uma pequena sala privada enquanto um maquiador arrumava sua aparência. Foi um processo curto e, quando terminou, Erika abriu os olhos para ver que estava preparada como uma atriz de Hollywood pronta para uma grande estreia. Perfeito em todos os sentidos. Seu cabelo também estava bem penteado.

A maquiadora saiu do quarto e Erika ficou em frente a um pequeno guarda-roupa, decidindo o que vestir.

Depois de um breve pensamento, ela decidiu por um par transparente de sutiã preto e calcinha. Ela vestiu a roupa minúscula e se examinou no espelho. Em seguida, vieram os saltos altos em seus pés e ela deu outra olhada em si mesma.

Erika mal conseguia reconhecer seu reflexo.

Foi-se o assistente jurídico educado. Foi-se a garota da porta ao lado. Foi-se a jovem adequada.

Lá estava Erika, a escrava, com maquiagem glamorosa, cabelos bem penteados e um sutiã fino o suficiente para revelar a cor de seus mamilos.

Ao olhar para seu reflexo, ela se perguntou quem seria seu comprador. Seria um homem? Uma mulher talvez? A pessoa seria gentil ou rude?

Deus, ela esperava que a pessoa fosse gentil. Erika era uma mulher que gostava que sua submissão fosse tratada com amor e carinho. Ela era uma submissa afetuosa. Era desse tipo que ela gostava. Ela queria um dominante pensativo. De qualquer maneira, ela estava preparada para aceitar o resultado. Ela era uma mulher adulta que escolheu estar ali.

Afinal, era sua grande fantasia.

Houve uma batida na porta.

"Entre", disse Erika.

A porta se abriu e a Madame entrou, trajando um lindo vestido longo vermelho. Sua maquiagem também foi bem feita. Os olhos da Madame olharam para cima e para baixo na submissa, satisfeita com o que viu.

"Linda como sempre," a Madame elogiou, fechando a porta.

"Obrigado."

A Madame estava segurando uma coleira preta e, instantaneamente, Erika soube para que servia. Mas a Madame não falou sobre a coleira, pelo menos ainda não.

"Como você está se sentindo?" a Madame perguntou. "Nervoso?"

"Um pouco. Em parte animado."

"Posso assegurar-lhe que é um sentimento muito normal para uma mulher na sua posição. É perfeitamente saudável."

" Bem , estou feliz em ouvir isso."

"Você vai se sair bem", tranquilizou Madame. "Mentalmente, você está no lugar certo. E temos tantas pessoas ótimas querendo comprar um escravo esta noite. Você estará em boas mãos."

Erika sorriu, "Estou muito feliz em ouvir isso."

"Qual é a sua maior esperança para a noite?"

"Para que o estranho anônimo me leve ao limite. Eu gostaria de explorar. Quero dizer, esse é o propósito de tudo isso, certo?"

A Madame assentiu e deu um leve sorriso. " Sim, é . E posso prometer a você que seu desejo de ser empurrado será atendido. Veja bem, os clientes que vêm aqui para comprar escravos são muito experientes. Eles sabem exatamente o que estão fazendo. Portanto , seu lado submisso será satisfeito quando a noite acaba."

"Você está me deixando ainda mais nervoso, mas de um jeito bom."

"Não fique nervoso", a Madame respondeu graciosamente. "Agora me diga, qual é o seu maior medo?"

"Que quem quer que me compre será cruel. Você sabe, esse tipo de coisa. Eu não gosto de dor, não do tipo ruim de qualquer maneira."

A madame sorriu: "Posso garantir que isso não vai acontecer. Todos os nossos membros e clientes irão tratá-lo com o maior cuidado."

"Isso é o que eu ouvi. E isso é parte da razão pela qual eu decidi me tornar um escravo aqui."

"Falando nisso, está quase na hora. Você pode esperar aqui, se quiser, ou atrás do palco. Meus assistentes irão guiá-lo até o palco quando for a sua vez."

Erika respirou fundo. "O frio na barriga. Meu Deus. Estou nervoso. Mas estou pronto."

A Madame esfregou os ombros da escrava treinada. Foi feito de forma maternal e carinhosa.

"Você é uma mulher forte. Você pode fazer isso."

"Eu sei que posso. Na verdade, estou muito animado."

"Excelente", a Madame sorriu. "Agora, uma última coisa."

A madame ergueu uma coleira preta com o dedo e a girou de brincadeira. Erika sabia exatamente o que fazer e levantou o cabelo para expor o pescoço.

A Madame enrolou a coleira no pescoço de Erika, enquanto elas se encaravam no espelho. Era uma gola com as letras prateadas SLAVE na parte da frente do pescoço.

Erika continuou prendendo os cabelos enquanto olhava seu reflexo no espelho, enquanto a Madame prendia uma coleira na parte de trás da gola.

E tudo estava completo. Erika estava em traje completo de escrava, pronta para ser leiloada pelo maior lance.

"Você está deslumbrante", a Madame sussurrou em seu ouvido. "Estou um pouco triste por não poder assistir você sendo fodida esta noite. Mas sei que será uma experiência incrível para você. O leilão começará em breve."

A Madame deu um beijo na face da escrava e saiu da sala.

***

A maioria das pessoas tem uma ideia de como é um leilão. Quando as pessoas pensam em leilões, elas pensam em um cara falando rápido no palco e os participantes levantando as mãos para dar lances em qualquer item que esteja à venda.

Isso foi semelhante. Mas também muito diferente.

Erika ficou nos bastidores com suas roupinhas transparentes e gola preta e ouviu Madame conduzir o leilão.

Cada escravo era vendido com cuidado e tratado como se fosse um bem valioso, como se fosse o maior tesouro do mundo. Ouvir o leilão sendo conduzido fez seu coração bater forte e sua boceta molhada.

Finalmente, foi a vez dela.

"Senhoras e senhores", disse Madame ao público. "Em seguida, temos um tratamento muito especial. Ela é nova na experiência escrava. Mas ela também está muito preparada. Por favor, dê as boas-vindas, a linda Erika."

A pequena plateia aplaudiu de leve, já que Erika ainda estava nos bastidores. Duas mulheres seminuas se aproximaram de Erika e a pegaram pela coleira. As mulheres não disseram uma palavra.

Erika foi levada para o meio do palco. Quando Erika estava no centro do palco sob os holofotes, as mulheres ficavam ao lado dela, junto com a Madame que falava ao microfone.

Embora ela tentasse ao máximo manter a compostura adequada de uma dama, seu coração batia furiosamente. Era um quarto escuro. Mas ela viu a multidão vagamente. Deve ter havido pelo menos 50 pessoas lá. Ela poderia dizer que eles estavam todos vestidos de forma extravagante.

Os homens usavam ternos bonitos. As poucas mulheres na sala usavam vestidos elegantes. Foi um caso elegante, e eles estavam todos lá para sexo.

"Esta é a linda Erika", disse Madame. "De dia, ela é uma mulher de carreira profissional, trabalhando como assistente jurídica. Porém, sua fantasia é ser tratada como a boa escrava que nasceu para ser. Ela é submissa em todos os sentidos. E acredite, eu já descobri isso sozinho."

A Madame estalou os dedos e as mulheres no palco retiraram o sutiã de Erika, deixando seus seios à mostra. Então as mulheres puxaram a calcinha de Erika para baixo.

Oh Deus, Erika sentiu sua boceta contrair. Ela era a única pessoa nua na sala cheia de gente bem vestida. Todos os olhos estavam nela. O holofote brilhante estava focado em seu corpo nu.

A Madame continuou. "Como você pode ver, ela é fisicamente perfeita. Como uma praticante de Yoga de 28 anos , ela está no auge de sua vida. feito para ser agarrado enquanto ela está sendo levada. Um corpo flexível, feito para ser dobrado em qualquer forma enquanto é violado. Uma boca que foi feita para chupar. Uma bunda feita para sexo anal. E uma boceta que foi feita para durar."

Os olhos da sala fitaram o corpo nu de Erika.

A Madame continuou: "A escrava que você vê é altamente proficiente na arte do sexo oral. Particularmente na arte da satisfação feminina. Posso dizer isso por experiência própria. Ela também é versada na satisfação masculina. O que a torna perfeito para casais casados."

Erika ficou parada e seus olhos examinaram a sala. Mesmo que a sala estivesse escura, ela ainda podia ver as expressões fracas das pessoas na sala, vendo-as salivando com o pensamento de colocar as mãos nela.

A Madame continuou: "Embora ela goste de escravidão leve, ela é uma gatinha delicada e deve ser tratada com a maior gentileza e respeito. Ela é uma garota muito especial, afinal."

No fundo, era tudo o que Erika esperava. Foi muito mais assustador do que o esperado, mas ela teve a estranha emoção exibicionista que estava procurando naquela noite.

"O lance inicial é de $ 5.000 por este escravo", disse Madame.

De repente, as luzes da sala aumentaram um pouco, e não estava mais tão escuro. Erika tinha uma visão melhor do público e isso só a deixou mais nervosa. Ela foi capaz de ver os rostos das pessoas na sala. Era muito mais assustador. E era muito mais excitante também.

Quando os lances chegaram, Erika mal conseguia ouvir alguma coisa. Sua mente estava girando. Foi uma correria enorme. Ela mal conseguia ouvir, mas podia ver as mãos subindo, no que parecia ser em câmera lenta, enquanto as pessoas na sala faziam seus lances pelo corpo e pelos serviços sexuais de Erika.

Erika foi tirada do transe quando ouviu as seguintes palavras.

"Vendido! Para o hóspede número 38, por $ 15.000."

Foi nesse momento que Erika voltou à realidade.

***

Quando o leilão terminou, os escravos se colocaram obedientemente em uma fila ordenada, vestidos com suas pequenas roupas, atrás do palco. Todos estavam com coleiras e prontos para serem enviados aos seus novos donos.

Erika adorava a sensação de ser vendida. Ela queria conhecer seu novo mestre. Foi emocionante. Ela esperava que ele fosse um cara legal. Ela desejou de todo o coração que fosse uma experiência memorável. Ela se perguntou que tipos de fetiches seu novo dono tinha. Talvez ele só queria foder? Nada de errado com isso.

Tudo fazia parte da experiência de ser vendido. A curiosidade deixou sua mente girando e sua boceta molhada.

A Madame veio e parabenizou pessoalmente todos os escravos. Então ela assegurou-lhes que a noite estava apenas começando.

Ela entregou um pedaço de papel para cada escravo, então eles foram escoltados por mulheres seminuas.

Em seguida, foi a vez de Erika.

"Você é um gatinho muito sortudo esta noite", disse Madame.

Ela entregou a Erika um pequeno pedaço de papel com o número 930. Era o número do quarto onde seu dono estaria.

"Obrigado."

"Seu novo dono tem algo especial para você", disse Madame. "Você está pronto?"

"Eu sou."

"Isso é o que eu gosto de ouvir. Você vai se sair bem. Confie em seus instintos e aproveite sua primeira experiência escrava. O submisso dentro de você terá o prazer que merece por direito. Ok?"

Com isso, a Madame se inclinou e deu um beijo carinhoso nos lábios de Erika. Quando o beijo terminou, eles se olharam nos olhos, e Erika foi escoltada pela coleira presa à coleira.

A noite

As duas mulheres seminuas conduziram Erika até o elevador e subiram até o quarto. Nenhum deles falou uma palavra. As mulheres não falavam. E Erika estava nervosa demais para dizer qualquer coisa.

Erika ainda estava usando apenas o top transparente e a calcinha pequena. E ela estava sendo conduzida pela coleira em sua coleira.

Assim que chegaram ao quarto, a mulher bateu na porta e depois abriu.

Erika foi conduzida para dentro do quarto onde ficou na entrada com perfeita postura de dama, como uma boa escrava deve ficar, e as duas mulheres saíram, fechando a porta.

Ela foi deixada sozinha com seu comprador.

O quarto em si parecia um quarto de hotel chique. Era arrumado, muito limpo e tinha um toque de estilo. Apenas algumas das luzes estavam acesas. O quarto era uma mistura de luz e escuridão.

Na cadeira, havia um homem sentado ali. Ele estava vestido com um terno elegante e seu rosto estava parcialmente coberto pela escuridão. Através da luz fraca, Erika imaginou que o homem devia ter 30 ou 40 anos. Não parecia haver nenhuma expressão em seu rosto.

Havia um lindo vestido preto cuidadosamente colocado sobre uma mesa.

Na cama, havia uma mulher nua. Seus pulsos amarrados aos postes da cama. Seus tornozelos estavam amarrados nas colunas inferiores da cama, e ela estava em uma posição de águia aberta . Havia uma venda cobrindo seus olhos. E uma mordaça de bola vermelha na boca.

Erika sentiu a adrenalina voltar com a visão surreal. Ela sabia pelas coisas que estava nas mãos de um dom profissional. Não algum amador. Não alguém que está experimentando. Mas um verdadeiro profissional.

"Tire a roupa", disse o homem casualmente. "Seus saltos também. Mas deixe sua coleira. Eu gosto da coleira."

"Sim senhor."

Erika obedeceu. Ela tirou a blusa para revelar os seios em forma de pêra. Ela tirou a bunda, exibindo as pernas atléticas tonificadas, junto com a virilha bem barbeada. E ela tirou os saltos.

Nesses breves momentos, Erika ficou totalmente nua na frente de seu novo dono. Ela estava completamente nua, exceto pela coleira SLAVE em volta do pescoço, com a coleira ainda pendurada.

Ela não estava mais nervosa. Depois de ficar nua no palco em uma sala cheia de gente, ela poderia lidar com qualquer coisa neste momento.

"Meu nome é Richard", disse o homem. "A mulher nua que você vê na cama é Kelly."

"Oi Richard," ela respondeu, tentando soar cordial. "Eu sou Erika."

"Bem-vinda, Erika. Você deve estar surpresa."

"Por que?"

"Que eu comprei você, enquanto minha esposa está amarrada nua na cama."

Então a mulher nua amarrada na cama era a esposa de Richard. Erika ficou genuinamente surpresa, mas no bom sentido. Ela tinha uma mente aberta naquela noite e estava pronta para qualquer coisa.

"É certamente pouco ortodoxo", respondeu Erika. "Mas todos nós temos nossas fantasias na vida. E eu não sou alguém para julgar."

"Não quando você tem uma coleira em volta do pescoço."

"Sim."

"Eu escolhi você por alguns motivos", disse Richard. "Primeiro, você é muito bonita. Segundo, você é nova nisso. Terceiro, minha esposa gosta de você. Quarto, você aparentemente é muito bom em agradar outras mulheres."

Erika assentiu. "Já me disseram que eu tenho esse talento."

"Bom, porque minha esposa nunca teve o prazer da satisfação feminina antes. Ela está interessada."

Erika olhou para a mulher nua que estava amarrada, vendada e amordaçada.

"Tenho certeza que ela é uma pessoa adorável."

"E muito submisso também", acrescentou Richard. "Você vê, como você mencionou antes, minha esposa e eu temos um casamento muito heterodoxo. Eu sou o marido dela. E eu também sou o dom dela. Ela é minha esposa. E ela também é minha submissa. Nós nos amamos muito. . E cuidamos das necessidades uns dos outros."

"Eu entendo, senhor."

"Por favor, me chame de Richard."

"Ok, Ricardo."

Ele continuou: "Hoje é um dia muito especial. É o nosso aniversário de 10 anos . Simplesmente não basta amarrá-la em casa e fazê-la gozar. Não. Um dia como hoje precisa ser especial. É por isso que a trouxe aqui . E é por isso que eu comprei você como meu escravo para esta noite.

A fantasia ganhou vida. Erika sentiu seus nervos desaparecendo e sua boceta ficando mais molhada. Deus, ela estava pronta para isso.

"Eu adoraria ajudar de qualquer maneira que eu puder."

"Você já entreteve um casal?"

"Não."

"Um trio?"

Erika balançou a cabeça. "Não."

"Você não é muito experiente, não é?"

"Não, peço desculpas. Deixei claro para Madame que sou novo neste mundo. Então , perdoe-me se não estou à altura. Mas prometo tentar o meu melhor."

"Não se desculpe", respondeu ele. "Eu nunca tive um trio antes também. E eu nunca apresentei outro parceiro para Kelly antes. É por isso que você é perfeito para isso. Podemos explorar isso juntos."

Erika assentiu. "Gostaria disso."

"Gostaria? Você gostaria de provar a boceta da minha esposa enquanto eu te arrebato por trás?"

"Sim."

"Gostaria de começar?"

Erika assentiu. "Sim."

"Bem, escrava, a boceta da minha esposa está bem aberta. Tenho certeza que ela está pingando agora. Por que você não vai em frente e prova?"

"Obrigado."

Erika se aproximou da mulher amarrada e indefesa na cama. Quanto mais perto ela chegava, mais claramente via as partes nuas da mulher. Na sala parcialmente iluminada, Erika viu os mamilos marrons da mulher e a área vaginal bem depilada.

Foi um momento surreal, e Erika estava prestes a fazer sexo oral em uma mulher que ela nunca tinha visto antes. Uma mulher que estava amarrada e com os olhos vendados. Uma mulher que não conseguia nem falar porque tinha uma mordaça na boca.

E não era qualquer mulher. Era Kelly, a esposa do proprietário.

Erika se posicionou na cama, entre as pernas de Kelly. Ela se perguntou o que Kelly deveria estar pensando, se ela estava gostando disso ou não. Ela se perguntou se isso era realmente a fantasia de Kelly.

A pergunta foi respondida quando Erika se abaixou e deu uma olhada mais de perto na boceta aberta da águia . Por dentro a boceta estava molhada. Os fluidos estavam brilhando. Não era ciência do foguete determinar que Kelly estava altamente excitada. Não havia nenhuma dúvida sobre isso.

Erika esfregou as coxas de Kelly, aproximando-se do centro. Então ela se inclinou para frente e deu um belo beijo na boceta. Aquilo fez Kelly estremecer. Depois de outra lambida, as pernas de Kelly pareceram tremer. Erika lambeu para cima e para baixo como uma boa escrava.

"Diga a minha esposa como ela sabe", disse Richard.

"Ela tem um gosto incrível."

"Diga isso para minha esposa."

Erika olhou para cima, para a mulher vendada e amordaçada. "Você tem um gosto incrível, Kelly, você realmente tem. Eu absolutamente amo o seu gosto. Eu adoro isso. Eu amo o gosto da sua boceta na minha língua."

Houve um gemido vindo de Kelly, mas foi abafado pela mordaça em sua boca.

"Bem dito", elogiou Richard. "Agora continue lambendo. Faça-a gozar."

Erika continuou seu trabalho e concentrou sua atenção oral na boceta molhada. Enquanto isso, a esposa amarrada continuou gemendo com a mordaça na boca e se contorcendo na cama.

Enquanto a língua de Erika se enterrava fundo na vagina, lambendo habilmente para cima e para baixo, ela se perguntava sobre a mulher que estava agradando. Ela se perguntou como Kelly era em sua vida normal, o que ela fazia para viver, que hobbies ela tinha, que tipo de comida ela gostava de comer, que programas de TV ela gostava de assistir.

A curiosidade só fez o contador sexual muito mais quente. Talvez Erika descobrisse todas as respostas quando pudessem conversar e se tornar amigas algum dia. Ou talvez eles nunca se falassem, nunca. Quem sabe?

Mas a única coisa que importava naquele momento era agradar a boceta de Kelly. Esse foi o único trabalho de Erika até agora.

No trabalho, Erika sempre recebia bem as ordens e sempre as cumpria. Agora, seu chefe era Richard, e ela havia recebido ordens de fazer sua esposa gozar.

Sua língua continuou acariciando para cima e para baixo. Seus lábios permaneceram pressionados contra a boceta. E de vez em quando, ela dava uma boa chupada na boceta e sorvia os sucos naturais.

Cada ação dava a Kelly uma reação igual enquanto ela se deitava amarrada na cama. A esposa puxou as cordas que prendiam seus pulsos. E ela puxou as cordas que prendiam seus tornozelos. Seus gemidos foram abafados pela mordaça de bola vermelha em sua boca.

Erika trabalhou mais quando soube que sua técnica oral estava funcionando e alcançando o efeito desejado.

"Os dedos dos pés dela estão mexendo", disse Richard. "Isso significa que ela está perto de atingir um orgasmo."

Foi quando Erika trabalhou ainda mais. Ela lambeu mais e mais rápido. Ela apertou os lábios com mais força e chupou com intensidade crescente.

Kelly se contorceu com força e puxou as cordas que a mantinham amarrada. Ela gemeu forte, mas foi suprimida pela mordaça.

"Engula", disse Richard ao escravo. "Minha esposa é uma esguichada. Eu tenho que avisá-lo. E eu quero que você engula se estiver tudo bem."

"Mmm hmm" o escravo reconhece.

Com certeza, o orgasmo veio, e veio de forma espetacular. Erika continuou chupando e lambendo, e Kelly teve um poderoso orgasmo.

Uma onda de fluidos jorrou da boceta de Kelly e na boca de Erika. Veio em vários jatos e a boca de Erika engolia implacavelmente. O corpo de Kelly estremeceu e se contorceu enquanto Erika continuou a trabalhar sua magia oral com sua boca altamente treinada.

Quando terminou, os fluidos pararam de sair e o corpo de Kelly permaneceu imóvel, enquanto ela respirava pesadamente pelo nariz.

Erika sentou-se ereta com sucos de vagina por toda a boca, como uma nova camada de maquiagem molhada.

"Bravo", disse Richard casualmente. "Você fez um ótimo trabalho."

"Obrigado senhor ."

" Então me diga, qual é o gosto da minha esposa?"

"Delicioso, senhor."

"Erika, minha escrava, eu vou te foder agora. E eu vou te foder na bunda."

Ela engoliu em seco. "Sim mestre."

"Não vamos fazer isso em uma posição normal. Você entende? Isso será algo diferente. Algo que você nunca fez antes."

"Minha mente e corpo estão abertos para você."

Richard deu um aceno de cabeça satisfeito. "Fique de quatro. Posicione-se acima da minha esposa. Você vai olhá-la nos olhos."

Ela engoliu em seco novamente. "Sim mestre."

Erika ficou de quatro e se posicionou sobre a mulher nua a quem acabara de provocar um intenso orgasmo lésbico. Não qualquer mulher. Mas a esposa de seu novo dono naquela noite.

Quando ela estava em posição, ela estava a apenas alguns centímetros de distância do rosto de Kelly. Mesmo com a venda e a mordaça, Erika percebeu que Kelly tinha traços faciais muito bonitos e se perguntou como seria Kelly sem a escravidão.

Ao assumir a posição, ela ouviu Richard se levantar e desabotoar as roupas. Ela não olhou para ele. Ela simplesmente permaneceu em posição, de quatro, diretamente acima da esposa amarrada.

"Minha esposa é uma mulher incrível", disse Richard ao escravo.

Nesse momento, Erika ouviu o som de uma tampa de garrafa sendo aberta. Ela soube imediatamente que era lubrificação. Sua suspeita foi confirmada quando ela sentiu o dedo de Richard, coberto com lubrificante, pressionando contra seu ânus.

O dedo lubrificado foi enfiado na bunda de Erika.

Ele continuou: "Kelly tem sido minha esposa submissa por 10 anos. Leal e preciosa em todos os sentidos. Esta noite é algo novo para nós."

O dedo se movia para dentro e para fora, revestindo as paredes retais de Erika.

Ele continuou: "Isso é em parte sua fantasia. Ela queria ser amarrada na cama, enquanto uma mulher comia sua boceta. Mesmo que ela não possa falar ou ver no momento, posso dizer que ela adorou . Suas reações corporais são fácil de ler. A maneira como seus dedos dos pés se curvaram e suas pernas tremeram, isso significa que ela teve um orgasmo intenso. Os fluidos de sua boceta apenas confirmaram isso."

O dedo de Richard se afastou. Então ele pressionou a ponta de sua ereção contra o pequeno ânus de Erika.

Ele adicionou. "Você quer vê-la? Quer beijá-la?"

"Sim, senhor," Erika assentiu. "Eu poderia."

"Por que?"

"Nós compartilhamos uma experiência especial juntos. E eu acho ela bonita."

"Ela é linda", disse Richard. "Vá em frente, veja por si mesmo. Tire a venda. Tire a mordaça da boca dela."

Érika obedeceu. Ela removeu cuidadosamente a venda e, de repente, as duas mulheres fizeram contato visual. Erika olhou a esposa nos olhos. E Kelly, viu a mulher que tinha acabado de comer sua boceta e lhe deu um orgasmo lésbico.

Então Erika removeu a mordaça de bola vermelha e, de repente, a boca de Kelly foi liberada, ofegando por respirações profundas.

Erika ficou feliz por finalmente ver o rosto da linda esposa. E ela se perguntou como seria a voz de Kelly, ou se eles realmente iriam dizer alguma coisa um ao outro.

Mas não aconteceu, ainda não.

Richard empurrou seu pênis na bunda de Erika, e a escrava soltou um pequeno som de ganido. O pau foi mais fundo, e os olhos de Erika se arregalaram e sua boca se abriu, enquanto ela ainda olhava Kelly nos olhos.

"Você gosta da minha esposa?" Richard perguntou, com seu pênis enterrado no fundo da bunda do escravo.

"Sim... senhor. Muito."

Ele puxou para trás, então empurrou, fazendo Erika ofegar.

"Você quer beijá-la?" ele perguntou.

"...ah...sim senhor."

"Então faça isso. Ela nunca beijou uma garota antes. Você será o primeiro."

Erika se abaixou e beijou a esposa contida, enquanto um pau começava a arrebatar seu cu. Foi oficialmente o primeiro trio de Erika. Nesse ponto, ela sentiu sua bunda sendo estimulada pelo pau duro de Richard, e seus lábios sendo estimulados pela maciez da boca de Kelly.

A foda continuou e Erika sentiu seu cu se acostumando a ter o pau batendo nela. Em todos os seus anos de experiência anal, nunca tinha sido tão violento antes. Ela estava acostumada com sexo anal suave. Mas esta noite não era a noite para sexo suave. Esta noite, ela era uma escrava. E ela era uma escrava cujo dono queria foder seu traseiro com força.

Enquanto a foda persistia, Erika continuou beijando Kelly na boca. Tornou-se um beijo de língua molhado e desleixado. Erika adorou a sensação. E ela adorou especialmente o fato de Kelly nunca ter beijado uma mulher antes. Havia uma emoção erótica em tirar a virgindade lésbica de Kelly.

"Você gosta de sexo violento?" perguntou o proprietário.

Ela lutou para falar. "Sim senhor."

"Deixe-me saber se for demais. Eu nunca quero machucar você, minha querida. Mas eu realmente quero fazer você gozar. Eu quero que você goze do jeito que minha esposa fez."

A foda anal ficou mais forte e intensa quando Richard agarrou a coleira e puxou delicadamente, o que sufocou levemente a coleira de Erika. Como resultado, sua respiração ficou mais restrita e ela sentiu um aperto no pescoço.

Erika parou de beijar a esposa amarrada quando a foda anal ficou mais difícil. Tornou-se cada vez mais difícil, e a cama começou a tremer. Erika sentiu a pressão crescendo dentro dela enquanto sua bunda estava sendo espancada.

"Oh Deus," Erika choramingou enquanto seu pescoço estava sendo apertado. "Minha bunda... minha bunda..."

Nesse ponto, a bunda de Erika estava sendo martelada com tanta força que seus pequenos seios em forma de pêra começaram a balançar para frente e para trás. Lágrimas se formaram em seus olhos e ela continuou fazendo pequenos ruídos de choro.

A coleira estava sendo puxada com mais força e a coleira apertada, deixando Erika com menos ar para respirar.

Pior ainda, enquanto Richard continuava puxando a coleira com uma mão, ele usou a outra mão para chegar abaixo e acariciar o mamilo sensível de Erika. Ele a beliscou e torceu. O bastardo. Ele conhecia a fraqueza dela. Ele conhecia o ponto sensível dela e o explorou durante o sexo. Seu mamilo rosa estava em agonia. Mas também foi uma fonte de grande prazer para ela.

Sua boca estava fazendo pequenos grunhidos. Seus olhos se fecharam. Seu corpo estava rígido enquanto ela suportava as surras, as restrições respiratórias e a tortura dos mamilos. E suas mãos apertaram com força o lençol. A sensação de intenso sexo anal e estimulação sexual estava crescendo dentro da escrava, e Richard sentiu isso facilmente.

"Goza, meu escravo," Richard grunhiu. "Squirt como minha esposa fez."

Ele soltou seu mamilo e, em vez disso, ele se abaixou e habilmente brincou com o clitóris dolorido de Erika, enquanto ele arrebatava seu cu com seu pênis ereto. Ficou claro para Erika que seu dono era bem versado nessa posição, e ele deve ter feito isso várias vezes com sua esposa Kelly. Que mulher de sorte, pensou Erika.

A coleira foi puxada com mais força e a coleira ficou mais apertada no pescoço de Erika, o que a impediu de gritar.

Em vez de gritos, respirações curtas saíram da boca de Erika enquanto ela atingia o orgasmo. Suas costas arqueadas para cima enquanto sua bunda estava sendo violentamente golpeada, e seu clitóris estava sendo furiosamente esfregado.

"Minha bunda", ela choramingou baixinho, com seu rabo apertado se esticando. "Minha bunda."

Foi a vez dela gozar. E também foi a vez dela de esguichar. Alguns jorros de fluidos saíram da boceta de Erika e atingiram o corpo de Kelly. Ela não gozou tanto quanto Kelly. Erika não era realmente uma esguichadora natural. Mas ela esguichou o suficiente para fazer uma declaração.

E essa afirmação era, o sexo era incrível pra caralho, e que ela adorava ser uma escrava daquele casal.

O aperto na coleira estava sendo lentamente liberado e a coleira parecia menos restritiva. Erika sentiu o ar voltando para seus pulmões e seu pescoço e garganta à vontade. Entre o intenso orgasmo que sentia e o afrouxamento da coleira, Erika mal percebeu que Richard acabara de gozar dentro de seu cu.

"Terminei", disse Richard, soltando totalmente a coleira. "Agora é hora de você se limpar."

Erika reconheceu a insinuação em sua voz. Ela permaneceu em silêncio por um momento e respirou pesadamente. Ela queria recuperar a compostura antes de falar com seu dono novamente.

Tudo fazia parte de ser um escravo adequado.

"Como você gostaria que eu fizesse isso, senhor?" ela perguntou em uma voz adequada e bem composta.

"Pressione seu traseiro contra o rosto de minha esposa. Ela vai limpá-lo."

Erika ficou chocada. Mas quando ela olhou para baixo, ela viu um olhar de boa vontade no rosto de Kelly, que deu um leve aceno para deixar Erika saber que estava tudo bem.

Assim que o pau foi puxado da bunda de Erika, ela rastejou para cima e sentou-se ereta, posicionando seu cu logo acima da boca de Kelly, e ela se abaixou. No fundo, Erika meio que se sentia mal por estar naquela posição, mas não era uma decisão dela. Era o que seu dono queria. E a julgar pela lambida obediente que sentiu de repente, Kelly também queria.

Como Erika sentiu seu cu sendo lambido e limpo pela esposa amarrada, ela fechou os olhos e saboreou o momento. Foi, de longe, a noite mais louca de sua vida. Nada jamais havia chegado perto.

De muitas maneiras, ser leiloada foi a melhor coisa que já aconteceu com ela. Isso deu a ela uma sensação de confiança. Uma sensação de que ela poderia fazer qualquer coisa. Ela nunca se sentiu tão confortável em sua própria pele.

Foi a liberação sexual no seu melhor.

A língua de Kelly foi um pouco mais fundo dentro do ânus para sugar o esperma, e Erika se sentiu uma escrava satisfeita. Ela se perguntou se poderia fazer isso de novo, e com quem?

Epílogo:

Um ano se passou e Richard prometeu a Kelly algo especial.

Ele tinha chegado em casa mais cedo do trabalho. Enquanto isso, Kelly havia acabado de voltar após um longo dia no escritório. Ela ainda estava vestida com seu traje de escritório.

Quando ela voltou para casa, disseram-lhe para tirar os sapatos e colocar a bolsa no chão.

"Posso pelo menos trocar de roupa primeiro?" ela perguntou. "Eu provavelmente poderia tomar um banho também."

"Permitir que você fizesse isso arruinaria a surpresa."

Kelly sorriu, "Outro presente louco para o nosso 11º aniversário?"

"Isso mesmo", disse ele, tirando uma venda do bolso.

Ela olhou para ele com ceticismo, mas concordou. Ela estava com a venda nos olhos e Richard a conduziu escada acima, pelo corredor, até o quarto deles.

Quando chegaram ao destino, Richard perguntou se ela estava pronta e ela disse que sim.

A venda foi removida.

O queixo de Kelly quase caiu ao ver uma mulher nua, amarrada em sua cama conjugal. A mulher nua tinha os pulsos e tornozelos amarrados por uma corda. Ela estava ajoelhada, com a bunda apontada para fora.

Mas não era qualquer mulher nua. Era alguém que parecia familiar. Alguém que Kelly foi capaz de reconhecer com base no traseiro nu.

"Isso é... Erika?" ela perguntou.

"Por que você não experimenta e descobre?"

"Você fez..."

"Eu a comprei para esta noite. Ou mais, se você quiser. Ela pode ser nossa escrava quando precisarmos dela. Ela está mais do que disposta."

"Você é demais," Kelly disse com um leve sorriso, balançando a cabeça gentilmente em descrença.

"Vá em frente, experimente querida."

Kelly deu a seu marido um olhar ambíguo, então ela se aproximou da escrava amarrada, ajoelhou-se e abriu ainda mais o traseiro da escrava com ambas as mãos. Kelly começou a fazer sexo oral no cu e na buceta de Erika.

Enquanto ela continuava com seu trabalho oral, ela ouviu o som de Richard abrindo uma gaveta. Ela tentou ignorá-lo e se concentrar em agradar oralmente a escrava. Mas ela não pôde ignorar quando Richard colocou uma pequena caixa na cama, bem ao lado da escrava.

Pelo canto do olho, Kelly viu o que havia dentro da pequena caixa. Era um kit strap-on recém-adquirido e Kelly sabia que seria outra longa noite.

A ESPOSA MUÇULMANA

45

Uma das coisas únicas sobre a mansão era que nenhum dos quartos tinha portas. Assim, qualquer um poderia ver qualquer coisa, a qualquer momento.

Isso nunca foi algo que Samira imaginou fazer parte. Ela era uma boa muçulmana. Ela só estava aqui porque, muitos anos atrás, havia herdado a companhia de navegação marroquina de seu pai e, por meio de decisões de negócios inteligentes e inteligentes, conseguiu criar uma pequena fortuna para si mesma.

Esse sucesso permitiu que ela vivesse extravagantemente na América. Ela não apenas se tornou uma mulher de negócios rica , mas também fez seu nome no mundo filantrópico, esfregando os ombros com grandes celebridades e políticos.

Agora aqui estava ela, no andar térreo do 'The Bondage Manor', como muitos dos convidados elitistas o chamavam não oficialmente. Ela só estava aqui por causa de seu marido Michael, que era um cidadão britânico e um rico investidor em tecnologia com todas as conexões certas (incluindo um lugar como este).

Ela era uma virgem de 35 anos quando eles se casaram meses atrás, e ela ainda não conseguia acreditar que ele a havia convencido a comparecer a um evento hedonista como este. Foi um presente de casamento tardio, Michael disse a ela. Um presente de seu amigo mais próximo, acrescentou.

Todos os convidados estavam impecavelmente vestidos para a ocasião. Por sua vez, o conjunto de Samira incluía um elegante vestido branco, salto alto e joias extravagantes. Seu delicioso cabelo preto ondulado estava repartido no meio e fluía livremente; do jeito que o marido preferia. Isso a fazia parecer extraordinariamente sedutora, como ele costumava dizer.

Ela olhou em volta, esperando que ninguém a reconhecesse. Ninguém o fez. Os convidados, em sua maioria casais de meia-idade, todos brancos, estavam muito ocupados se concentrando nos diferentes prêmios que estavam em leilão.

Mulheres seminuas ficaram em várias plataformas enquanto os convidados faziam lances para o que queriam. As mulheres eram todas atraentes. Jovens adultos. Diferentes etnias e origens. E Samira agradou ver que cada uma das jovens submissas gostava de estar ali, com sorrisos agradáveis e sedutores em seus rostos encantadores.

"Se divertindo?" Michael sussurrou sedutoramente em seu ouvido. "Você está começando a parecer mais confortável estando aqui."

Samira segurou o marido mais perto. "Eu não diria isso. Ainda estou muito nervoso."

"Em breve estaremos em nosso próprio quarto, com mais privacidade. Quem te interessa?"

Ela avaliou suas opções mais de perto. A verdade era que ela teria ficado feliz com qualquer um dos submissos. Como uma mulher recém-casada, fazer sexo com o marido ainda era um prazer maravilhoso que a deixava muito satisfeita. Michael era bom de cama e todos os seus prazeres sensoriais foram satisfeitos.

Mas a ideia de explorar com outra mulher era uma oportunidade única de expandir ainda mais os limites de sua sexualidade. Ela reconciliou isso com suas crenças religiosas estritas pelo fato de que isso estava dentro dos limites de seu casamento.

Enquanto ela navegava, alguém chamou sua atenção.

Uma morena de aparência inocente em um vestido preto justo , que era pequena com pele branca leitosa; pele que parecia impecável. Seu rosto era redondo e sua estatura pequena. A sub estava presa por uma coleira e coleira em volta do pescoço, e ela estava de joelhos, acolchoada com um travesseiro vermelho fofo. Ela não poderia ter mais de 20 anos, e seu cabelo castanho estava preso em um coque elegante.

"Dela?" Michael perguntou, percebendo que sua esposa o encarava.

Samira confirmou: "Eu acho ela adorável. Nem acredito que ela está aqui. Uma garota assim?"

"Fantasias não têm limites, minha querida. Tenho certeza que ela tem uma história interessante. Vamos fazer uma inspeção mais detalhada?"

Eles foram até esta pequena jovem. Outros hóspedes da Mansão também estavam navegando. Eles examinaram o rosto e o corpo da submissa, juntamente com as informações exibidas.

Nome: Erika

Idade: 24

Altura/Peso: 5'2 110 libras

Profissão: Estudante universitário (Economia)

Preferência: Envio

Orientação: Aberto a qualquer coisa

Habilidades: Tudo e qualquer coisa. Casais. Limpeza bucal.

Buracos: Todos os 3 disponíveis

Experiência: 3º evento

Frase: "Olá, meu nome é Erika, e gostaria de ser sua Toy. Embora seja relativamente nova , ainda sou muito curiosa e aberta a muitas coisas. Posso ser uma boa menina ou má . Sua escolha é um prazer."

Preço inicial: $ 500

A sub 'Erika' permaneceu estóica enquanto potenciais compradores olhavam para sua beleza e tinham pensamentos perversos sobre o que gostariam de fazer com ela. Seu rosto era impossível de ler.

"Devo fazer um lance?" Michael perguntou a sua esposa. "Ou devemos continuar navegando? Pode haver alguém de quem você goste mais."

Samira foi inflexível. "Não. Esta aqui. Eu gosto dela. Ela parece tão doce. Isso me faz pensar como ela é em particular."

"Claro, minha querida. Esta é a sua experiência para admirar."

Michael fez uma oferta para este submarino em particular , e Samira observou enquanto seu marido fazia negócios.

Quando os lances foram feitos e chegou a hora, o leilão seguiu seu curso. Havia pelo menos 20 submissas ao todo. Cada um estava sendo leiloado. Quanto aos convidados que não conseguiram comprar um sanduíche para o dia, aparentemente estariam ocupados uns com os outros ou com os atendentes que ajudariam a facilitar o entretenimento do dia.

Os batimentos cardíacos de Samira aumentaram quando o marido estava dando lances. Ela não queria que mais ninguém possuísse Erika. Com toda a honestidade, ela queria Erika para si mesma e Michael como um trio. Uma garota adorável como aquela, ela queria manter segura e nutrida, quase de uma forma maternal.

E se eles realmente ganhassem a licitação? Seria esta sua primeira experiência lésbica? Ela sentiu uma sensação de pânico e vergonha. Se alguém em seu país natal soubesse...

Então ela ouviu: Vendido!

Michael havia vencido a licitação. A submissa Erika se levantou e a coleira foi entregue ao marido.

Quando a submissa desceu, Samira e Erika ficaram cara a cara. A submissa sorriu. Samira só conseguia pensar em como essa jovem era bonita e em como sua pele parecia impecável; estava quase brilhando. E esses lábios! Erika tinha os lábios mais deliciosos e naturalmente carnudos que se possa imaginar. Como eles devem se sentir durante um beijo, ou qualquer outra coisa... Samira se perguntou.

Michael ajudou a quebrar o constrangimento e todos eles fizeram as apresentações. Trocaram gentilezas e Samira sentiu uma pontada de culpa por estarem usando aquela jovem para o prazer sexual e nada mais.

Todos subiram as escadas juntos. Michael estava no meio, e as duas mulheres se abraçaram. A essa altura, a festa havia evoluído. Ainda era um assunto de alta classe para as elites sociais. Mas os seios foram expostos. Partes do corpo à mostra.

Ao chegarem ao andar de cima, onde ficavam todos os quartos, já podiam ouvir gemidos e sabe Deus o que mais. Samira espiou em um dos quartos e viu uma submissa asiática de joelhos agradando um homem oralmente, enquanto sua esposa assistia. Na sala ao lado, uma submissa latina estava se despindo para um casal, orgulhosamente modelando seu corpo escultural e mamilos escuros para o prazer de vê-los. Em outro quarto, uma submissa estava com os olhos vendados e sendo amarrada de braços abertos na cama.

Mais uma vez, a culpa de Samira por usar Erika dessa forma a consumia.

Eles chegaram ao seu quarto. Era chique e tinha obras de arte japonesas na parede. Havia também uma grande janela que dava para o pátio, onde muitas pessoas ainda se socializavam do lado de fora enquanto atendentes nus serviam comida e bebida. Samira estava apavorada com a ideia de que alguém pudesse simplesmente olhar para cima e vê-los. Mas essas eram as regras deste lugar.

Como cortesia, Michael removeu a gola de Erika, deixando-a ainda mais saudável.

Samira queria dizer: 'Você não precisa fazer isso, Erika. Você pode apenas nos observar, se isso o deixar mais confortável.

Antes que essas palavras pudessem escapar da boca de Samira, Erika tomou a iniciativa.

Havia uma expressão casual no rosto de Erika quando ela parou diante deles, abriu o zíper das costas do vestido e o deixou cair no chão. Sua pele era pálida e ela tinha curvas sutis. Ela usava um par combinando de sutiã branco e calcinha, junto com meias e ligas. O sutiã de renda fina com bordas de cetim parecia um tamanho de xícara muito pequeno para ela, o que parecia intencional e, como resultado, seus mamilos rosados ficavam visíveis na parte superior.

Naquele momento, Samira soube que seu próprio julgamento estava errado. Isso não foi um erro. Esta jovem submissa sabia muito bem o que estava fazendo, parada ali com os mamilos parcialmente expostos, enquanto olhava para si mesma para ter certeza de que suas roupas íntimas estavam certas. Ela ajustou o sutiã e a calcinha e ficou mais do que satisfeita com o fato de seus mamilos estarem aparecendo.

"Estou pronta", disse Erika com um sorriso irônico e as mãos nos quadris.

"Você é uma estudante de economia e tanto", observou Michael, admirando a quase inexistente roupa de lingerie.

Erika assentiu. "Na verdade, é meu último ano. Fiz estágios dois verões seguidos e espero conseguir um emprego como analista financeiro no ano que vem."

"Inteligência e beleza. Assim como minha esposa. Ela dirige uma grande companhia de navegação."

"Oh?" A sobrancelha de Erika ergueu-se e ela olhou para a figura sensual de Samira.

"Parece que aqui somos todos profissionais", salientou Samira. "Meu marido e eu somos novos aqui. Nós nos casamos recentemente. E nunca fizemos nada assim antes, se você pode acreditar nisso."

Erika assentiu. " Oh , eu definitivamente acredito nisso. Este lugar é popular entre os casais curiosos."

"Eu notei. Este lugar é... único."

"Isso é uma coisa boa. A coisa dom /sub é única e difícil de acertar. Mas é para isso que serve este lugar. Para ser seu guia."

Samira ficou tensa suavemente. "Tenho certeza que você é um guia altamente capaz."

"Fui treinado com perfeição. Então, sim, sou altamente capaz em muitas coisas. E adoro dar prazer."

"Você tem uma aparência doce também."

"Foi você quem me escolheu?" Erika perguntou com uma expressão fofa em seu rosto redondo.

- Sim - reconheceu Samira. "Acho você uma gracinha. Talvez até chame você de sexy. Nunca estive com uma mulher antes, mas meu marido quer que eu explore algo novo."

"Isso é perfeito. Eu amo casais. Já estive com alguns, e me disseram que sou muito bom nisso."

Samira respirou fundo com a experiência da menina. "Você parece..."

"Inocente?" Erika perguntou brincando, terminando a frase de Samira.

"Sim. Você parece um anjo, realmente."

"Samira, até os anjos têm seu prazer."

"Falando nisso," Michael interrompeu. "Eu tenho um pedido. Erika, nós compramos você para nosso prazer. especialmente minha esposa. Quero que minha esposa se lembre disso. Você pode fazer isso, Erika?

Samira engasgou com o anúncio, e Erika teve a reação oposta, abrindo um sorriso diabólico.

"Vocês dois estão com sorte", Erika respondeu com uma leve alegria. "Porque você comprou a garota certa para o trabalho. Estou sempre pensando em maneiras de ser travesso com pessoas sofisticadas. Tenho certeza de que podemos inventar alguma coisa."

"Alguma coisa em mente?" ele perguntou.

Erika virou-se para Samira e ponderou. "Hmm... vamos ver. Uma mulher tão elegante e elegante. Posso dizer que você está hesitante em estar aqui. Mas posso consertar isso."

Tudo o que Samira podia fazer era ficar parada e esperar, enquanto esta jovem submissa continuava a olhá-la e ter todos os tipos de pensamentos desviantes do que todos estariam fazendo em alguns momentos.

"Eu sei", disse Erika finalmente, com os olhos brilhando. "Eu quero que você use minha coleira enquanto eu seguro a coleira. Perto da janela."

A reviravolta veio tão repentina que Samira não sabia como se sentir. Foi um choque. Isso não era o que ela havia originalmente concordado. E ser usada como brinquedo certamente não foi a razão pela qual ela veio aqui.

Ela olhou para o marido em busca de apoio moral e não havia nenhum. Michael parecia totalmente de acordo com essa ideia e Samira estava em menor número.

"Você deseja me degradar?" Samira perguntou, escondendo o desconforto em sua voz.

"Não. Eu só quero ver você chupar um pau."

Samira fez o possível para manter a dignidade. "E por que isto?"

"É a minha coisa favorita no mundo", respondeu Erika com um leve brilho nos olhos. " Além disso , você tem um rosto bonito. É uma aparência exótica. Eu amo a cor escura da sua pele. Estou ansioso para ver como você ficaria dando um boquete submisso."

"Mas as pessoas de fora podem me ver."

"Ainda melhor," Erika assentiu. "Não há dúvida de que você será visto. Isso tornará as coisas mais divertidas, acredite em mim."

Enquanto Samira permanecia estupefata, Michael levantou a coleira.

"Devemos nós?" ele perguntou.

"Pensando bem..." Erika acrescentou, mudando de idéia. "Eu tenho uma ideia melhor. Use isso."

A menina submissa estendeu a mão para trás e desabotoou o sutiã de renda, revelando seus peitinhos empinados e mamilos cor de rosa em sua totalidade. Ela beliscou o sutiã em uma ponta e o girou. Havia um olhar de prazer em seu rosto bonito.

"Eu gosto do jeito que você pensa," Michael sorriu.

"Um pouco de criatividade vai longe. Posso fazer as honras?"

O marido assentiu. "Você pode."

Samira ficou parada enquanto Erika se aproximava com o sutiã na mão. Os sedutores cabelos escuros de Samira estavam penteados para trás e ela permitiu que Erika enrolasse o sutiã de renda em volta do pescoço, criando uma gola improvisada e uma coleira com o tecido liso.

"Para a janela", disse Erika no ouvido de Samira.

A esposa compilou enquanto Erika dava um puxão gentil, mas firme. Samira não sabia como se sentir. O controle foi perdido. E para uma jovem de rosto angelical, nada menos. Quando Samira ficou em frente à janela, ela viu os convidados que estavam do lado de fora socializando e os atendentes nus servindo refrescos.

"De joelhos", disse Erika, voltando-se para o marido. "Galo, por favor."

Samira ficou de joelhos e seus sentidos se intensificaram. Ela estava perfeitamente ciente de tudo o que acontecia lá fora, junto com todos os gemidos de prazer no corredor e a sensação do tapete contra seus joelhos.

Mais importante, ela ouviu o som de seu marido tirando os sapatos e desabotoando as calças de maneira elegante e cavalheiresca (uma característica que ela sempre achou sexy). Apesar da idade, Samira ainda era novata no mundo de chupar pau. Ela descobriu que gostava disso. Não era tão degradante quanto ela esperava em todos os seus anos de virgindade. Estranhamente, até parecia empoderador de várias maneiras, já que ela controlava o orgasmo do homem que amava.

Mas fazer isso aqui? Diante de tantas testemunhas em potencial? Sob a orientação de Erika?

O pensamento a assustou. Ela não estava usando calcinha, mas se tivesse, estaria ensopada.

Enquanto ela se ajoelhava perto da janela, seu marido sem fundo estava parado na frente dela. Seu pênis estava pronto para uma sucção. Pela primeira vez, parecia que o marido de Samira era mais um adereço do que qualquer outra coisa. Um pau para ela usar. Ou um pau cujo único objetivo era foder a boca dela.

Antes da ação começar, Erika puxou o sutiã/coleira para endireitar a postura de Samira, então ela estendeu a mão para expor os seios de Samira empurrando a parte de cima do vestido para baixo.

"Você tem belos mamilos escuros", disse Erika, olhando para o peito nu da esposa. "Eles já estão rígidos. Você deve estar animado. Sem marcas de bronzeado também. Sua cor natural da pele é radiante. Você é extremamente bonita, Samira. Eu nunca brinquei com uma mulher do Oriente Médio antes. Sempre foi uma fantasia embora ."

Samira não se deu ao trabalho de responder com o sutiã fino enrolado no pescoço. Se ela pudesse, ela teria apenas dito 'obrigada'.

Ela permaneceu imóvel enquanto Erika acariciava cada seio e beliscava cada um de seus mamilos escuros, causando um arrepio na espinha de Samira ao ser usada como um brinquedo.

"Comece a chupar agora", disse Erika secamente. "Um pau tão duro nunca deve ser deixado esperando."

Michael deu o primeiro passo, avançando de modo que sua ereção ficasse a poucos centímetros do rosto de Samira. Normalmente, ela adorava fazer contato visual com o marido. Isso sempre criava uma sensação de intimidade entre eles.

Desta vez, ela não conseguiu olhar para ninguém. Ela manteve os olhos fechados, inclinou-se para a frente e chupou a ereção do marido, do jeito que ele gostava. Seus lábios se apertaram e ela fez o possível para balançar a cabeça para frente e para trás, mesmo com o sutiã de renda enrolado no pescoço.

Ela podia sentir o pênis endurecendo em sua boca. Isso significava que ela estava fazendo tudo certo e que seu marido estava adorando essa experiência. Ela também podia ouvir o som erótico de Erika respirando mais forte enquanto cuidava dela.

Que show deve ter sido para o sub. E que show para os convidados lá fora. Deus, algum deles estava observando? Ou mais alguém no corredor?

"Leve-o até o fim", disse Erika com uma pitada de autoridade. "Eu quero ver você de garganta profunda. Na minha humilde opinião, um bom boquete é incompleto sem uma mordaça ou duas."

Garganta Profunda. Agora há algo que Samira teve o cuidado de evitar. Ela tinha visto aquele ato na pornografia e sempre o achou inútil e sem classe. Sendo uma mulher digna, ela evitava isso a todo custo , e apreciava o fato de seu marido nunca ter pedido uma coisa tão suja.

Nessa circunstância, com uma coleira improvisada em volta do pescoço, ela se sentiu compelida a cumprir a ordem. Ela fechou os olhos com força, para que as lágrimas não saíssem. E ela esperava não fazer nenhum barulho de engasgo humilhante.

Sua cabeça lentamente avançou, tomando mais do pênis de seu marido em sua boca e em sua garganta. Ela sentiu o pênis empurrar em sua língua, atingindo o topo de sua garganta. O marido dela adorou.

Que traição. Ela o levou ainda mais fundo até chegar à entrada de sua garganta. Estranhamente, ela se sentiu orgulhosa de si mesma por ter levado tudo até o fim. Uma nova realização sexual.

Seu orgulho desabou quando o inevitável aconteceu; ela engasgou. Foi desleixado e desagradável. Seus olhos lacrimejaram e a saliva escorria por todo o seu vestido branco caro. Ela fez um barulho nojento e se sentiu envergonhada por isso.

"Já chega", disse Erika misericordiosamente. "Agora eu quero ver você sendo fodido. Levante-se e pressione seu rosto contra a janela. Não se preocupe, o vidro é feito para aguentar o peso do corpo de uma mulher contra ele."

Erika puxou levemente o sutiã/coleira, sinalizando para Samira se levantar e ficar de frente para a janela. Samira obedeceu e viu que alguns dos convidados realmente assistiram ao boquete enquanto bebiam champanhe do lado de fora. O sutiã/coleira foi retirado do pescoço e jogado no chão por Erika.

Samira abriu as pernas quando o marido abriu as nádegas e a parte interna das coxas. Ela pressionou o rosto no vidro especialmente instalado, apoiando o peso do corpo sobre ele, e sentiu o marido abrir ainda mais sua bunda para acessar sua boceta por trás. Ela estava familiarizada com essa posição e arqueou as costas para levantar a bunda.

"Olhe para mim", disse Erika com uma polidez sedutora. "Eu quero ver seus olhos e rosto enquanto você está sendo penetrado. É uma expressão poderosa."

O rosto de Samira já estava voltado para Erika. Seus olhos se encontraram. Nenhum deles desviou o olhar enquanto a boceta de Samira estava sendo esticada pelo pau duro. Sua boca soltou um suspiro e seus olhos se arregalaram.

Seu marido foi trabalhar transando com ela por trás. Seu corpo balançava e seus seios balançavam, com seus mamilos escuros mais duros do que nunca. Certamente mais convidados da mansão estavam assistindo a este show exibicionista descarado. Mas Samira não ousava olhar. Era muito mais atraente manter contato visual com esta preciosa submissa que controlava a cena.

Erika se abaixou para tocar a boceta de Samira. "Foda-se, você está tão molhada."

"Eu sei," Samira gemeu de volta, enquanto sua boceta estava sendo martelada e seu corpo balançava para frente e para trás.

Foi uma sobrecarga sensorial, pois o corpo de Samira também estava sendo acariciado por Erika; com uma pequena mão branca esfregando sua boceta, depois estendendo a mão para apertar seus seios. Samira gemia toda vez que era tocada e apertada. Aquelas mãos macias a faziam se sentir tão bem. E sua boceta sendo violada parecia ainda melhor.

Os gemidos ficaram mais altos quando Erika concentrou os dedos na boceta de Samira. Isso fez com que os olhos de Samira se arregalassem e sua respiração se tornasse mais difícil.

"Eu encontrei o seu ponto ideal", disse Erika com uma voz animada. "Um pau fodendo sua boceta e meus dedos brincando com sua boceta, enquanto as pessoas assistem de fora. Talvez você não seja tão adequado quanto parece? Talvez, no fundo, você seja apenas um brinquedo travesso como o resto Gosta de ouvir isso, Samira? Gosta de descobrir que é uma mulher tão suja?

A voz do sub ficou baixa e estava cheia de luxúria.

Samira sussurrou. "Sim..."

"Goze agora. Eu quero ver."

É assim que o céu se sente? Samira se perguntou enquanto seu marido dominava sua boceta e Erika esfregava seu clitóris em um movimento rápido e circular. Ela fechou os olhos e gostou. Dane-se a sociedade. Isso era euforia.

Samira murmurou algo inaudível enquanto os fluidos desciam por suas pernas e caíam no chão. Seu sêmen também fazia bagunça no pau do marido e nos dedos agitados de Erika, que permaneciam implacáveis durante o intenso orgasmo. Ela apertou a mandíbula e a parte inferior do corpo enrijeceu enquanto ela ejaculava.

"Eu vou gozar também," Michael gemeu.

"Inunde a boceta dela", instruiu Erika. "Eu cuido da limpeza."

Samira sentiu o marido apertar seus quadris com força e bater com mais força. Esse foi o seu sinal para um orgasmo iminente. Ruídos rítmicos de tapas encheram a sala enquanto ele empurrava poderosamente contra seu traseiro. Sua boceta sentiu felicidade.

Seu marido gemeu e gozou dentro dela. Era uma sensação que Samira sempre acalentara, a sensação de esperma enchendo seu buraco. Quando Michael soltou o gemido final, Erika afastou os dedos e caiu de joelhos.

"Porra, sim," Erika riu, dando tapinhas nas bolas de Michael. "Agora, se você me der licença, eu prefiro limpar imediatamente... enquanto as coisas ainda estão quentes e frescas."

Samira não se moveu. Ela sentiu o pau de seu marido 'plop' fora dela. O vazio de seu buraco aberto e encharcado de esperma foi substituído pela língua de Erika. A surpresa de sua vida. Sua primeira experiência lésbica real.

Ela fechou os olhos e gemeu quando a língua talentosa lambeu, sondou e sorveu sua boceta cheia de esperma. Tudo foi engolido e engolido. Ela saboreou a sensação da língua feminina empurrando mais fundo, seguida pela boca bonita de Erika devorando os sucos.

Quando a boca se afastou, Samira virou a cabeça e viu Erika chupando o pau do marido. Foi uma chatice. Isso não havia sido combinado e ela sentiu uma pontada de ciúme. Mas ela tinha que admirá-lo.

Os lábios deliciosos de Erika estavam enrolados firmemente em torno do pênis encharcado de esperma e sua cabeça balançava rapidamente, absorvendo-o profundamente sem um pingo de reflexo de vômito. Foi bonito. Gracioso. Os lábios de Erika ocasionalmente giravam em torno da cabeça de Michael antes que ela voltasse a envolver os lábios em torno do eixo para chupar vigorosamente. Era assim que uma verdadeira chupada de pau deveria parecer.

A boca de Erika ia e vinha, chupando o pau de Michael e lambendo a boceta de Samira.

"Como você está se sentindo?" Michael perguntou a sua esposa.

Samira saboreou a sensação da língua de volta em seu buraco. Ela permaneceu curvada com os braços apoiados na janela. Mais convidados observavam casualmente esse encontro desviante, e quem sabe quem mais havia espiado no corredor. Ela não se importava mais. Na verdade, foi uma excitação incrível.

"Como uma nova mulher", foi tudo o que Samira conseguiu dizer.

Com a boceta limpa, Samira virou o rosto para o marido e agradeceu a Erika. Ela assumiu que este encontro profano havia acabado. Mas quando ela os encarou, ela viu Erika de pé novamente. Eles estavam a apenas alguns centímetros de distância.

Samira não pôde deixar de notar aqueles lábios sedutores e carnudos que Erika tinha. Lábios feitos para beijar e chupar. Desta vez, no entanto, os lábios carnudos de Erika estavam brilhando com sucos frescos de boceta e cobertos com esperma quente.

Erika lambeu os lábios em excitação, ficando na frente de Samira enquanto eles se olhavam. Era óbvio o que essa garota queria. Por que negar?

Eles se beijaram. Samira pressionou os lábios contra os de Erika e suas bocas se abriram. Suas línguas lutaram e eles compartilharam fluidos orgásticos um com o outro na troca apaixonada. Seus braços em volta um do outro e seus seios e mamilos duros pressionados juntos.

Sêmen fresco trocado em suas bocas e rolando em suas línguas. Lentamente, a culpa dentro de Samira parecia há muito esquecida. Ninguém jamais saberia. Este era um segredo que sempre ficaria dentro da mansão da servidão.

CLUBE BDSM

Era plena luz do dia na Park Avenue, a área mais atraente e impressionante da cidade de Nova York. Como na maioria dos dias na cidade grande, a classe trabalhadora ia e voltava de seus escritórios, os ricos desfrutavam de bons restaurantes e os turistas passeavam pelos bairros enquanto tiravam fotos.

Além das normas do bairro movimentado, Erika ficou nua em um quarto vazio no 38º andar de um prédio de apartamentos de luxo. Ela estava posicionada em frente a uma janela, coberta por uma fina cortina branca para privacidade.

Suas mãos estavam fortemente amarradas acima de sua cabeça, presas a uma corda preta que pendia de um gancho no teto.

Uma máscara preta embelezada escondia a parte superior do rosto, mas destacava o nariz e o queixo proeminentes. Permitiu que a beleza de seu rosto se mostrasse, enquanto escondia sua identidade. Seu longo cabelo escuro caía em cascata livremente pelas costas, e seus lábios eram acentuados por um batom vermelho rubi.

Meias de seda preta com uma costura ao longo das costas cobriam suas pernas bem torneadas. Eles faziam seus membros impossivelmente longos parecerem ainda mais longos. Saltos pretos completavam seu escasso traje. Seu corpo estava em plena exibição, em toda a sua glória nua.

Ninguém negaria que ela era encantadora. Uma rara combinação de força e feminilidade, ela atraía homens e mulheres. Embora esbelta, mas curvilínea nos pontos certos, ela projetava uma imagem de que seu corpo foi construído para sexo violento . Aos 28 anos, Erika percebeu que gostava muito de ser usada sexualmente por outras pessoas, e isso era exatamente o que ela esperava hoje.

Nem mesmo seus amigos mais próximos sabiam do segredo depravado que ela guardava. Seu desejo submisso e desejo de ser usado para o prazer dos outros pode ser difícil para eles entenderem.

Por fim, ela permitiu que profissionais assumissem o controle desse local secreto de congregação. Era um ambiente elegante onde pessoas de uma certa classe com ideias semelhantes podiam satisfazer seus desejos muito perversos. As máscaras eram discricionárias. Mas para Erika, era uma necessidade absoluta; ninguém poderia saber que ela se permitia ser tratada de maneira tão escandalosa. Ela era uma advogada poderosa, pelo amor de Deus.

As regras eram simples. O segredo era sacrossanto. A limpeza era inegociável. O respeito era necessário. Este foi um assunto exclusivo e todos vieram vestidos de acordo.

Enquanto Erika estava lá, amarrada e mascarada, ela observou a leiloeira se posicionar ao lado dela. A Leiloeira usava um terno propositalmente revelador, com decote e tudo, junto com uma máscara de ouro para esconder sua identidade também. Ela era uma mulher alta com uma aura de comando, o que a tornava perfeita para o trabalho.

Em uma estranha reviravolta, Erika se juntou a essas reuniões tabu a pedido do leiloeiro, que incrivelmente também era uma advogada chamada Lea. Eles haviam se oposto a advogados durante um longo julgamento. Quando o caso terminou, Lea convidou Erika para sair para beber.

"Sabe de uma coisa", ela disse a Erika em uma mesa particular, enquanto as duas caíam, espancadas e exaustas após o caso cansativo. "Mulheres como nós são uma raça rara. Nós trabalhamos duro. Somos inteligentes. Sofisticadas. Dedicadas. E nós duas gostamos de ser fodidas de uma certa maneira. Eu poderia dizer que tipo de mulher você é na primeira vez que te vi. ."

Erika quase cuspiu a bebida. Ela estava realmente emitindo algum tipo de vibração sexual? Como essa mulher conseguiu deduzir que Erika gostava de coisas brutas?

Durante a maior parte da vida adulta de Erika, o sexo foi baunilha. A rotina usual era necessária para atingir orgasmos do padrão mínimo. No entanto, nos últimos anos, ela fez alguns pedidos maldosos de seus parceiros para apimentar as coisas. Foda-se. Sufoco leve. Algumas palmadas. Mas o mais importante, ela pediu para ser tratada como um brinquedo sexual, em oposição a um parceiro romântico. Somente quando essas condições foram atendidas, Erika conseguiu atingir orgasmos destruidores da terra.

Um de seus ex-namorados havia espalhado notícias sobre seus desejos desviantes? Ou Lea era uma extraordinária sexpert? Erika se perguntou enquanto olhava, com um olhar de veado nos faróis.

"Eu pertenço a um tipo de clube. É para homens e mulheres que gostam de ultrapassar os limites do sexo não convencional. Pense nisso. É uma rede altamente exclusiva e poderíamos usar novos membros como você. Não se preocupe, ninguém vai você sabe. Há um contrato formal que inclui uma cláusula de confidencialidade. Todos nós somos obrigados a manter sigilo com renúncias e acordos. Muitos membros são advogados. Se você ainda está preocupado com a privacidade, podemos oferecer a você uma máscara personalizada de Veneza. Algumas de nossas estimadas sócias as usam. Isso as deixa à vontade enquanto exploram as partes mais sombrias de sua sexualidade."

Erika ficou pasma e suas bochechas ficaram vermelhas. Lea já tinha visto esse olhar antes, muitas vezes. Destemida, ela seguiu em frente e disseminou informações que deixaram a calcinha de Erika molhada instantaneamente.

Depois de algum diálogo destinado a acalmar a súbita hiperventilação de Erika, Lea continuou seu discurso. "Coisas excêntricas. Cordas. Chicotes. Configurações de grupo. Domínio. Submissão."

"Gosta de BDSM?" Erika perguntou.

Léia sorriu. "É um clube BDSM. Na verdade, eu participo de uma maneira única. Como você gostaria de ser vendido? Se você concordar, vou garantir que você vá para o licitante mais interessante."

A conversa secreta continuou até que Lea empurrou um cartão com um número de telefone para Erika. Com isso ela se levantou, pagou a conta, sorriu maliciosamente para Erika, virou-se e saiu. Ela estava confiante de que receberia uma ligação. Aquele encontro fatídico foi o início da abençoada emancipação sexual de Erika.

Após vários dias de intensa deliberação, ela fez a ligação, imaginando que não tinha nada a perder. Afinal, pensou Erika, para quem Lea iria contar? Ambas eram mulheres de carreira e tinham muito a perder em termos de reputação e clientes em potencial.

Nesse ponto, suas aulas começaram; bunda, buceta, boca. Ela era disciplinada em todas as artes. Seu corpo foi treinado para manter posições eróticas por longos períodos de tempo. Todos os seus pontos de prazer foram encontrados; forças e fraquezas determinadas. Não demorou muito até que Lea classificasse Erika como uma vigarista e vadia da dor. Esse foi o diagnóstico adequado para este sub inexperiente.

Claro, Lea gostou muito de seu papel como mentora sexual de Erika. Tendo sido responsável pelo regime de treinamento, Erika era especialmente versada em dar prazer exatamente de acordo com as especificações de Lea. Eles passaram muitas noites agradáveis com o rosto de Erika plantado na boceta e no cu de seu treinador carnal. No final de um dia rigoroso no tribunal, o encontro para as atividades ilícitas foi um deleite bem-vindo. O entusiasmo compartilhado e a ética de trabalho os tornaram especialmente adequados para dar e receber em suas respectivas funções.

Isso foi antes.

Agora, os convidados ocuparam seus lugares na sala. Devia haver pelo menos 15 pessoas presentes, o que parecia ser o padrão. Erika não conseguiu fazer uma contagem exata, pois estava trancada de frente para a parede. Do corredor, ela ouviu mais pessoas circulando no restante do apartamento (pelo menos outras 15).

Era verdade o que eles dizem sobre outros sentidos serem intensificados quando um deles é prejudicado. Os sons de passos e de pessoas se acomodando nas cadeiras estofadas de espaldar alto eram claros. Logo ela ouviu sussurros sobre sua beleza. Eventualmente, as conversas se voltaram para as maneiras pelas quais os convidados imaginavam usá-la para sua gratificação.

A poderosa combinação de estar amarrada e não saber o que aconteceria fez a boceta de Erika umedecer em antecipação. Os sucos se acumularam no topo de suas coxas, já que ela não tinha pelos púbicos para mantê-los em seu espaço íntimo.

O Leiloeiro bateu um martelo no pódio. "Senhoras e senhores, antes de começarmos, gostaria de agradecer pessoalmente a todos por terem vindo. Temos uma linha maravilhosa de homens e mulheres hoje. Temos certeza de que vocês aproveitarão os prazeres que temos reservados."

Ela dispensou as formalidades habituais quando o evento começou. Suas palavras eram profissionais e ditas com a assertividade exigida de um bom advogado. No entanto, havia também uma qualidade sedutora e divertida em sua fala. O pequeno público aplaudiu quando o processo estava oficialmente em andamento.

O leiloeiro continuou: "Primeiro começamos com Erika, esta beleza estonteante ao meu lado. Oficialmente, ela é uma profissional ativa, altamente respeitada em seu campo. Extraoficialmente, na frente de todos vocês, ela será usada como o brinquedo de alguém."

Erika não conseguia conter a excitação e o espasmo involuntário de sua vagina.

"Eu sei que muitos aqui têm fetiche por mulheres que trabalham. Acredite em mim quando digo que Erika tem cérebros que se comparam ao seu físico incrível. Qual de vocês gostaria de possuí-la? Quem quer fazer esta mulher altamente educada se submeter a seu caprichos sexuais?"

Embora Erika não pudesse assistir, ela ouviu murmúrios de aprovação. O leiloeiro, no entanto, notou os acenos de cabeça, lambendo os lábios e aguçando os olhares. A luxúria estava no ar e Erika estava no apetite de todos.

"Primeiro, vamos começar com uma exibição de suas pernas."

A Leiloeira deixou o pódio com uma pá de couro na mão enquanto se aproximava de Erika. Depois esfregou a ponta da raquete nas meias pretas de Erika. Erika fez o possível para permanecer imóvel, apesar de sua própria empolgação.

"Essas pernas são longas e perfeitas", disse o leiloeiro. "Sem salto, ela fica em 5'8". Ela é uma corredora e completou algumas maratonas para caridade. Pense em como seria bom passar os dedos, lábios, bocetas ou paus por essas pernas."

Erika ficou mais molhada quando o remo se moveu para cima e foi golpeado contra sua bunda.

"Eu sei que muitos de vocês gostam de dar uma boa surra em uma bunda madura. A bunda de Erika é perfeitamente redonda e exuberante; sua pele macia aguenta longas remadas. Permita-me demonstrar demonstrar ."

A pá foi pressionada contra a nádega esquerda de Erika e então retirada pelo leiloeiro. Um aplauso estrondoso soou quando o contato foi feito novamente entre o remo e sua bunda. Ele ecoou alto na sala e fez Erika se encolher, apesar de seus melhores esforços para permanecer imóvel.

Outro golpe foi desferido. Então outro. E outro. Cada golpe era mais forte que o anterior. Ambas as bochechas receberam a sensação escaldante associada à surra, em igual medida.

Quando a surra terminou, a pele branca estava avermelhada e irradiava calor.

"Senhoras e senhores, isso é apenas um teaser", a leiloeira sorriu por trás de sua própria máscara. "Agora, para o ânus dela."

a bunda era algo que Erika só tinha se acostumado desde que se juntou a esse grupo secreto de BDSM. Embora ela fosse alta e parecesse forte, seu ânus era delicado e minúsculo. Apenas os especialistas presentes poderiam colocar grandes pênis em seu buraco proibido. Exigia controle e paciência.

Mãos macias e femininas tocaram a bunda de Erika e forçaram suas bochechas a se separarem, expondo seu pequeno buraco marrom para o grupo. Ela se sentiu totalmente exposta e vulnerável enquanto o ar passava por seu ânus. Curiosamente, ela também podia sentir os olhos famintos da sala olhando para ela, em todo o seu esplendor.

"Como vocês podem ver, o buraco dela mal está lá, minúsculo e implorando para ser esticado. O pau sortudo de alguém pode encontrar o nirvana lá hoje."

Para a parte ousada da apresentação, o Leiloeiro baixou a raquete e segurou Erika pelos quadris, virando-a para que ela ficasse de frente para o pequeno público.

Erika viu a multidão através de sua máscara. Era o grupo típico; uma divisão uniforme de homens e mulheres. Todos estavam vestidos de maneira elegante e casual. Seus rostos tinham o mesmo olhar de desejo, pois cada um esperava gozar de uma maneira especial. A visão dos seios e da buceta de Erika pareceu hipnotizar os participantes quando apareceu.

Os mamilos de Erika ficaram duros como pedra.

O Leiloeiro pegou a raquete novamente e pressionou-a firmemente nos lábios de Erika, que por sinal também pressionou o clitóris.

"Posso dizer honestamente que tive o prazer de provar o que há entre estas pernas. Senhoras e senhores , quer vocês queiram foder a boceta dela ou comê-la, vocês terão um verdadeiro deleite."

Erika sentiu o remo mover-se para seus seios redondos, circundando seus mamilos castanho-claros. A raquete batia suavemente na parte de baixo de cada peito, fazendo com que seus seios balançassem na frente da multidão que os adorava.

"E olhe só para esses peitos", disse o leiloeiro com prazer. "Algum de vocês pode acreditar que eles são reais? E eles são muito reais, posso garantir."

Erika gemeu quando o Leiloeiro se abaixou para apertar com força seu seio esquerdo e mordeu delicadamente o mamilo. O Leiloeiro deu uma rápida chupada no mamilo antes de liberá-lo.

Por fim, o remo subiu até os lábios de Erika.

"Por último, mas não menos importante, a boca dela. Perfeita para beijar. Perfeita para chupar. Perfeita para limpar. Eu mencionei que ela adora comer esperma? Tanto homens quanto mulheres . "

Mais acenos de aprovação vieram da multidão.

"Para encerrar, esta é uma vadia chata", resumiu o leiloeiro. "Ela tem uma alta tolerância e anseia pelo seu melhor."

Erika imediatamente notou a reação do público, que variou de suspiros a sorrisos.

O leiloeiro ficou atrás do pódio mais uma vez e apresentou ofertas. Quem propusesse os atos sexuais mais excêntricos, feitos da maneira mais provocativa (mas razoável), venceria a licitação. As ofertas chegaram, cada uma mais atraente que a anterior.

Finalmente, Erika ouviu as palavras mágicas que fizeram todo o seu corpo ficar atento. Seus mamilos tensos e sua boceta começou a tremer ansiosamente.

"Vendido!" o Leiloeiro disse em voz alta, batendo o martelo contra o pódio. "Temos um empate. Aos convidados nº 3 e nº 7. Agora vocês podem coletar seu prêmio para dividir entre vocês dois."

Os vencedores deixaram suas intenções claras de antemão:

O homem nº 3 não usava máscara. Erika o reconheceu da seção social do jornal. Este conhecido filantropo tinha jurado domar a bunda de Erika com uma boa surra. A precisão foi prometida; um chicote de couro era sua ferramenta de escolha. Então ele possuiria seu cu com seu enorme pau. Garantias foram dadas de que ele era um especialista em foder e domar mulheres espirituosas.

A mulher nº 7 tinha uma pele rica e escura. Seria a primeira experiência de Erika com uma mulher negra. Seus lábios cheios e deliciosos pareciam gostar de dar e receber entretenimento erótico. Ela também estava sem máscara. Uma especialista bem conceituada em brincar com os seios, ela conhecia todas as dicas e truques da tortura dos mamilos. Usando apenas a combinação certa de beliscar e torcer, ela poderia administrar estímulos que davam um doce sofrimento, sem deixar danos permanentes. E como lésbica, ela sabia como comer uma boa boceta.

Erika nunca havia compartilhado prazer sexual com uma mulher negra antes, e a ideia a excitou muito.

Esses dois Dominantes foram selecionados pelo Leiloeiro devido ao seu potencial colaborativo. Enquanto Erika estava empatada nessa posição precária, ambas providenciariam a sub ao mesmo tempo; um na frente e outro atrás. Isso daria ao pequeno público um show memorável.

O corpo inteiro de Erika tremeu quando os vencedores se aproximaram da frente da sala. Ela já havia sido usada na frente de um pequeno grupo antes; o exibicionismo apenas aumentou sua liberação final. Esta foi a primeira vez que ela seria usada por duas pessoas, que trabalhariam juntas em lados diferentes de seu corpo. Era o seu sonho sujo tornado realidade.

A negra foi a primeira a fazer contato, esfregando as pontas dos dedos escuros na pele branca leitosa de Erika. Erika olhou para baixo e ficou excitada com o contraste de cores, especialmente quando os dedos esfregaram cada mamilo marrom claro.

"Você se sente tenso", disse a mulher nº 7. "Primeira vez com uma mulher negra? Eu gosto de ser a primeira. É uma honra ser sua primeira Domme negra . Não se preocupe, baby, você vai gostar."

Erika não respondeu. Ela nunca fez. Esconder a voz fazia parte do anonimato. Ela simplesmente olhou para essa mulher poderosa através de sua máscara, esperando que ela não fosse reconhecida.

Seus olhos se encontraram intensamente e, por um momento, Erika se perguntou se essa mulher negra dominante a havia reconhecido de algum lugar. Um anúncio público de seus serviços jurídicos, talvez?

Quando o homem nº 3 pegou um chicote de couro, Erika voltou sua atenção para ele. Ele praticava movimentos que pareciam coreografados. Ela tinha certeza de que ele era o especialista que afirmava ser. A expressão de prazer perverso em seu rosto levou Erika a acreditar que o açoitamento iria doer. Com as mãos amarradas acima da cabeça, o corpo de Erika estava completamente vulnerável.

"Estou de olho em você", disse o homem nº 3. "Desde que te vi pela primeira vez semanas atrás, eu queria te usar da maneira mais suja. Vamos ver se valeu a pena esperar por você. Primeiro, vou virar você de lado para que todos possam me ver espancar e saquear seu doce babaca."

Erika deixou-se virar, de modo que os três participantes se enfileirassem . Quando os olhos de Erika se concentraram na bela mulher à sua frente, ela sentiu os tapas suaves do chicote contra sua bunda. Quando os tapas se tornaram mais fortes, a mulher à sua frente sorriu deliciada com a disciplina diabólica.

Logo, o açoite estalou com força contra sua bunda, fazendo com que o corpo de Erika enrijecesse e estremecesse com a felicidade ardente deixada em seu rastro. Erika gemia e soltava grunhidos em staccato, que tentava reprimir.

A mulher nº 7 inseriu dois de seus dedos escuros nas cavidades da boca de Erika, como se estivesse testando seu reflexo de vômito. "Dói muito? Você gosta desse tipo de dor, sub?"

Erika apenas assentiu enquanto sua bunda ainda estava sendo açoitada.

"Boa menina. Eu tenho a coisa certa para esses seus mamilos deliciosos. Assim que ele pegar sua bunda."

A multidão olhou em reverência enquanto o homem continuava batendo na bunda de Erika e a negra se inclinava para beijar sua boca. Os lábios cheios e carnudos foram um deleite para Erika. Era tudo o que um bom beijo deveria ser, especialmente quando suas línguas dançavam juntas. O chicote estalou o cu de Erika com força e ela gemeu desesperadamente na boca da negra. Quando Erika abriu os olhos apreensiva, ela pôde ver a mulher olhando para trás, avaliando sua reação.

Erika tinha certeza de que a mulher gostava de beijar alguém que gemia de agonia por causa de uma forte surra. A mulher parecia cada vez mais excitada com as vocalizações de dor de Erika. Atrás dela, ouviu o homem murmurar de satisfação enquanto continuava a avermelhar seu traseiro. Ela tinha certeza que ele já tinha uma enorme ereção.

Entre os dois seres sexualmente carregados, Erika se sentia como um canal para a energia erótica desviante. O efeito sobre ela foi tremendo. Além do êxtase avassalador que colheu da dor, saber que os dois Dominantes estavam se divertindo com isso a fez se sentir extremamente submissa.

O açoitamento parou, o que só podia significar uma coisa. Embora seus lábios ainda estivessem presos em um beijo sensual, ela ouviu o som de uma garrafa abrindo e um lubrificante sendo espremido. O homem deu um forte tapa na bunda dela com a mão nua, fazendo o corpo inteiro de Erika se arrepiar. Ele marcou agressivamente seu território antes que a porra começasse.

Então Erika sentiu a sensação familiar de suas bochechas sendo separadas, deixando seu cu à mostra. Imediatamente, a sensação de um pênis duro e coberto de lubrificante foi sentida por seu puxão marrom enquanto se alinhava para a penetração.

"Eu gosto de foder uma mulher na bunda desse jeito", disse o homem nº 3, acariciando as costelas de Erika, começando pela cintura e subindo, em direção aos braços contidos. "É como se você fosse um belo pedaço de carne fodível. Vou fazer isso bem e duro, do jeito que você gosta."

Sua voz forte e reconfortante deixou Erika ainda mais excitada quando ele estendeu a mão e empurrou a cabeça de seu pênis lubrificado em seu cuzinho bem treinado . Erika tentou se desvencilhar do beijo, mas a mulher segurou as laterais de sua cabeça e não a soltou.

Enquanto o pau era habilmente introduzido na pequena abertura de sua bunda, Erika respirou pesadamente pelo nariz. Seus olhos se arregalaram enquanto esperava pela dor lancinante que ela esperava. Veio logo, e Erika gritou em resposta.

Erika estava presa entre o aperto que ele tinha em seus quadris e as garras da negra cuja língua continuava a martelar sua boca; ela não tinha opção a não ser levar o avanço em sua bunda sem se mexer para se sentir confortável. Não houve pausa. O homem era bem versado em ângulos e pontos de quebra. Ele dirigiu até que suas bolas descansassem contra sua bunda. A ferocidade de seu ataque era uma doce tortura. Não havia dúvida de que sua bunda tinha acabado de ser possuída.

Os olhos de Erika se arregalaram quando ela respirou fundo. Em vez de gemer, ela engasgou como se estivesse com fome de ar. A negra parecia encantada com esse ataque anal.

"Minha vez", disse a mulher nº 7. "Baby, seios brancos como os seus são os meus favoritos. Eles parecem tão leitosos e cremosos contra minhas mãos. Eles estão implorando para serem machucados, e essa é a minha especialidade ."

Erika olhou para baixo e concordou; os dedos de ébano da mulher nº 7 contrastavam bastante com seus próprios seios brancos como lírios . A princípio, o toque foi suave e amoroso. Então a negra implementou sua famosa rotina de tortura de mamilos e voltou a língua para encher a boca frouxa de Erika.

Aqueles dedos de chocolate apertaram a parte de baixo dos seios de baunilha de Erika, depois os amassaram como massa crua. Doeu , mas não foi nada comparado com a dor de seu pequeno cu sendo tão cruelmente fodido pelo homem. Então os dedos escuros beliscaram cada um dos mamilos marrons de Erika. Agora isso era mais comparável à dor aguda em sua bunda. Dois de seus pontos de prazer agora estavam sendo arrebatados. Ela estava grata por ninguém estar torturando sua boceta ao mesmo tempo.

A mulher começou a torcer as protuberâncias sensíveis com tanta força que o rosto de Erika fez uma careta de miséria requintada. Por um momento, ela quase esqueceu que seu cu estava sendo atacado. Quase... O som das coxas do homem batendo contra sua bunda reorientou sua atenção para seu traseiro. Erika atingiu o que pensava ser o limite da dor. Ela quebrou o beijo apaixonado, jogou a cabeça para trás e uivou.

"Eu sei que dói", sussurrou a negra enquanto apertava um pouco mais. "Mas está prestes a se sentir tão, tão bem."

Pela vida dela, Erika não conseguia entender como a dor em seus mamilos poderia ser boa. Mas quando seus mamilos foram liberados, a negra se abaixou e chupou carinhosamente cada um dos seios de Erika , enviando uma sensação lasciva pela espinha. Esse prazer, combinado com o assalto alegre em sua bunda sodomizada, levou Erika à beira de sua sanidade sexual. A língua da negra era tão calmante quanto aqueles lábios carnudos, e eles trabalharam em conjunto para aliviar a dor nos mamilos.

Mas o prazer em seus seios não durou muito, pois a negra tirou cruelmente sua boca. Mais uma vez, ela torceu aqueles mamilos cobertos de saliva, atormentando Erika ainda mais enquanto sua bunda recebia uma boa surra.

"Eu não vou tornar isso tão agradável para você", a mulher nº 7 sorriu. "Eu quero que você tenha equilíbrio. Um kinky yin e yang. Ele pega a parte de trás e eu fico na frente. Você só tem que ficar lá e aguentar como um bom substituto."

3 percebeu isso, colocou as mãos nos ombros de Erika para segurá-la e realmente foi para a cidade em seu cu. Ela cerrou os dentes e soltou guinchos, o que a envergonhou completamente diante do público que a adorava.

O pau gigante sendo empurrado para dentro e para fora de seu pequeno buraco a deixou tão instável que ela mal conseguia ficar de pé. À medida que os joelhos de Erika enfraqueceram, ela começou a desmoronar, colocando mais peso nos pulsos amarrados. O estiramento e a tração em seus ombros mal foram registrados por seu cérebro, que lutava para lidar com sensações extremas nos planos opostos de seu corpo.

"Ela está quebrando", disse a mulher nº 7, lambendo os lábios enquanto continuava a perseguir os mamilos de Erika. "É hora de acabarmos com ela."

O homem nº 3 permaneceu implacável no cu de Erika, grunhindo: "Quero que ela goze quando eu gozar."

A instrução para o companheiro Dominante foi clara. A negra soltou os mamilos doloridos, deu uma rápida chupada para alívio e caiu de joelhos diante da boceta aberta de Erika.

Enquanto seu cu era arrebatado pelo pau grande e sua boceta lambida por uma deusa, Erika foi tomada por sensações conflitantes. A blitz ininterrupta em sua bunda foi compensada pela chupada tenra em seu clitóris. De vez em quando, a negra mordia delicadamente com os dentes o clitóris inchado de Erika, fazendo-a gritar de fervor. Mas a negra compensou lambendo-o lenta e amorosamente depois. Como resultado, Erika foi repetidamente levada à beira do orgasmo, mas sua liberação foi negada. Ela se sentia como um vulcão prestes a entrar em erupção.

Com a negra ajoelhada, Erika pôde apreciar plenamente a intensidade com que o público encarava o trio. Cada convidado neste evento BDSM parecia completamente extasiado com a visão de Erika sendo levada à beira de uma explosão sexual. Ela estava sendo possuída e obviamente excitada por sua servidão sexual. Por trás dessa máscara, sua identidade estava segura. Ela se permitiu se soltar e mergulhar no mais desviante dos prazeres.

Ela quebrou sua própria regra de silêncio, finalmente choramingando as palavras, "Oh Deus", enquanto sua bunda estava sendo fodida ferozmente e sua boceta estava sendo habilmente comida.

Suas palavras apenas adicionaram combustível ao fogo, levando o homem nº 3 a apertar seus ombros com tanta força que certamente deixariam hematomas. Por mais difícil que fosse acreditar, Erika percebeu que ele estava se segurando. Suas estocadas se tornaram frenéticas e ela estava certa de que ele logo esvaziaria sua semente em seu traseiro.

"Tenho uma boa carga para você", resmungou o homem.

Fiel à sua palavra, ele continuou rosnando em seu ouvido, mas acalmou seu ataque. Erika sentiu seu reto interno sendo coberto por vários grandes jatos de sêmen. Em questão de momentos, o pau ficou flácido e foi retirado de seu cu. A bunda de Erika ficou boquiaberta agora que de repente estava vazia. Imediatamente, ela desejou o retorno de seu pênis duro para sua passagem mais privada.

"Já está com saudades?" ele sussurrou. "Você é um grande foda com uma bunda apertada. Valeu a pena a antecipação."

Ele deu um tapinha em sua bunda, e Erika sentiu o sêmen escorrendo de seu cu. Ela ficou surpresa ao sentir seus dedos deslizando contra seu buraco solto e mergulhando na descarga cremosa. Quando os dedos revestidos de esperma foram inseridos em sua boca, ela ficou ainda mais chocada. Depois de um momento de hesitação, Erika chupou os dedos dele até limpá-los. Ela se divertiu com a depravação do momento antes de ser arrancada de seu estupor pela língua da mulher negra em sua vagina.

Erika olhou para aqueles ferozes olhos castanhos. A negra apaixonada lambeu e chupou profundamente o clitóris de Erika. O homem nº 3 ficou atrás de Erika e acariciou a parte inferior das costas e a bunda dela, esperando ver Erika gozar na boca da mulher.

"É isso aí", disse o homem a Erika. "Não tenha vergonha de gozar na boca dela. Acontece que ela gosta de beber mulheres brancas. Você merece esse clímax, vadia."

O coração de Erika disparou e ela sussurrou: "Ah, porra" para si mesma.

Enquanto a negra lambia o clitóris de Erika, o orgasmo finalmente chegou em uma medida épica. O poder que havia sido liberado em seu corpo fez com que o ar em seus pulmões explodisse. Esse orgasmo não afetou apenas os músculos do assoalho pélvico; todo o seu corpo se apertou e se contraiu com a explosão. Ela mal conseguia se sustentar com as pernas agora emborrachadas. Todo o peso de seu corpo estava pendurado em seus pulsos, amarrado firmemente acima de sua cabeça. Consequentemente, seus ombros foram puxados de uma maneira extrema que poderia ser dolorosa em circunstâncias normais.

Ela não se importava. O desconforto em seus braços foi temporário. Este orgasmo era algo que ela se lembraria para sempre.

Erika esguichou na boca da negra. Foi o ponto culminante de toda a deliciosa agonia que ela experimentou em seus mamilos e seu cu. Ela realmente era uma vagabunda dor. Era verdade; todos na sala agora podiam atestar esse fato.

Então, ela ficou mole. Enquanto tentava recuperar o controle de sua respiração, ela tentou ficar de pé sozinha. A negra sorriu, sabendo que o trabalho estava feito. O homem ajudou a estabilizá-la até que ela pudesse se sustentar.

"Exatamente como anunciado", disse o leiloeiro ao público quando Erika foi gasta. "Exatamente como anunciado. Muito bem."

A plateia aplaudiu enquanto Erika lutava para recuperar o fôlego. Os dois Dominantes lhe deram tapinhas gentis no ombro e na bunda. Eles sussurravam coisas para ela, que ela não conseguia processar. O resultado parecia um borrão.

Duas jovens funcionárias se aproximaram. Eles usavam máscaras sensuais e elegantes e estavam semivestidos com vestidos de renda preta. Erika foi liberada de sua posição quando afrouxaram a corda acima de sua cabeça. Então seus pulsos foram desamarrados.

Porra escorria pelo cu de Erika e seus próprios fluidos pingavam de sua boceta. Erika manteve a cabeça erguida enquanto os funcionários gentilmente a pegavam por cada braço e a conduziam pelo corredor. O público aplaudiu entusiasticamente quando ela fez a caminhada da fama. Todos encontraram o que queriam naquele dia. No entanto, Erika tinha certeza de que sua própria satisfação era a maior de todas.

Erika foi levada para um quarto privado onde os funcionários usaram uma pilha de toalhas molhadas para esfregar e limpar cada centímetro de seu corpo. Uma das mulheres chegou a usar uma garrafa de esguicho para limpar o interior do cu. Todo o processo durou vários minutos.

Os funcionários removeram cuidadosamente sua máscara. O mesmo processo foi repetido com o rosto dela. O excesso de batom foi enxugado e seu cabelo preso em um coque profissional. Seu terno foi retirado do armário enquanto ela estava nua.

O Leiloeiro entrou no quarto e tirou a máscara de ouro. Sua expressão era curiosa.

"Como você está se sentindo?" perguntou Lea.

"Meu cu vai doer nos próximos dias", Erika respondeu secamente. "E meus mamilos parecem ter sido eletrocutados."

"E?"

Enquanto Lea esperava a resposta para a pergunta sugestiva, Erika permitiu que os funcionários a vestissem ; vestindo sutiã e calcinha, meias, depois seu terno sob medida, tornando-a uma mulher profissional mais uma vez.

Erika sorriu: "Nunca me senti tão viva. É assim que me sinto, se você realmente quer a verdade."

"Eu pensei que sim," Lea piscou. "Ainda vamos jantar?"

"Pode apostar."

Quando Erika ajeitou o terninho, Lea mandou um beijo e colocou a máscara dourada mais uma vez. Ela voltou às suas funções no Leilão. Enquanto isso, Erika agradeceu aos funcionários, calçou os calcanhares e partiu para o escritório.

FIM

78